Sibylle Sophie

Leontinas Haus

AF287984

Sibylle Sophie

Leontinas Haus

Roman

edition fischer

Die Historie sind Fakten. Die Personen sind frei erfunden. Ähnlichkeiten mit Lebenden oder Verstorbenen wären rein zufällig.

Bibliografische Information Der Deutschen Bibliothek
Die Deutsche Bibliothek verzeichnet diese Publikation in der Deutschen Nationalbibliografie; detaillierte bibliografische Daten sind im Internet über http://dnb.ddb.de abrufbar

© 2008 by edition fischer GmbH
Orber Str. 30, D-60386 Frankfurt/Main
Alle Rechte vorbehalten
Schriftart: New Century 11°
Herstellung: Markus König / NL
Printed in Germany
ISBN 978-3-89950-377-7

Gewidmet den Ahnen, die gaben, ohne zu nehmen. Und einer großen Liebe.

Madeira, im August 2007

Die Sonne –
wie sie dem Meer entsteigt, rot leuchtet und langsam
vom Horizont an den Himmel zieht und dabei immer hel-
ler wird, strahlender und glühender –
oder in jenen Tagen, in denen feiner weißer Wolkenflaum
über Madeira wie ein Schleier schwebt, durch diesen hindurch die Sonne blickt, weiß wie der Vollmond.

Leontinas Haus

2006

»›Gestern‹ ist nur ein Augenblick«, sagt Leontina. Sie blickt auf das kleine Holzkästchen, das sie in ihren Händen hält. Ein Lächeln spielt um ihre Augen, das aber sofort wieder erlischt. Sie kämpft mit sich, ringt, presst die Lippen aufeinander. Die Knöchel ihrer Finger treten hervor, werden weiß – ihre Hände umklammern das hölzerne Kästchen, als ob sie es zerdrücken wollte, auflösen, aufsaugen.

Wir sitzen auf einer halb verfallenen, mit silbergrauen Flechten übersäten Mauer im Weinberg am Hang – Leontina und ich. Es ist einer dieser alten Weingärten, wie es sie zu Tausenden auf Madeira gibt. Und doch ist dieser Garten anders, ganz anders als all die anderen. Er ist Leontinas Erbe, ihre Wurzeln und der Atem ihrer Ahnen.

Dicht schließt sich das Rebendach über uns und lässt nur vereinzelt Sonnenstrahlen durch, die den fruchtbaren Boden berühren. Dicht hängen die Sercial-Trauben über unseren Köpfen – süßes Reifen, pralle runde gelbe Beeren, einige mit einem Hauch von Röte. Würden wir stehen, wir könnten sie mit dem bloßen Mund pflücken. Es ist Ende August und bald Zeit für die Weinlese.

Der kühle Schatten unterm Blätterdach tut gut. Jetzt, über die Mittagsstunden, ist es uns beiden zu warm in der Sonne. – Mit dem Lauf der Jahre, dem ›Mehr an Jahren‹, kommt auch die Erkenntnis, dass die Grenzen des Erträglichen enger werden, langsam zwar, aber unausweichlich. Leontina und ich sind im selben Jahr zur Welt gekommen; es ist schon eine ganze Weile her, seit

9

wir den Tag begingen, an dem wir auf ein halbes Jahrhundert eigene Geschichte zurückblickten.

»›Gestern‹ ist nur noch ein Augenblick«, wiederholt Leontina ihre Worte.

Das Haus am Osthang – auf halber Höhe mitten in den Weinbergen, im Norden der Insel bei Arco de Sao Jorge, wo das Leben noch beschaulich und ländlich-friedlich abläuft, wo die madeirensische Bevölkerung noch Zeit findet auf ein Schwätzchen, wann und wo immer es sich ergibt, und wenn es sein muss auch mitten auf der Straße – dieses Haus blickt zum Meer, hinaus auf die Wellen des Atlantiks, die recht heftig werden können, und es blickt auf die hohen Berge, wo eukalyptus- und pinienbewaldete Hänge und der einzigartige dreißigtausend Jahre alte Lorbeerwald – der vor wenigen Jahren von der UNESCO zum Welt-Naturerbe erklärt wurde – steil zu den Tälern und zu den Klippen abfallen.

Eine zerfallende Schönheit im Dornröschenschlaf ist Leontinas Haus. Die altrosa Farbe der Fassade, unterbrochen vom Hellgrau der hohen Fenster und Türen und der Säulen, die einstmals eine große Terrasse trugen, leuchtet hell im Mittagslicht. Schwarze Spuren an den Wänden, den Fenstern, dem weiten Eingangsportal zeugen jedoch von etwas Schrecklichem, das sich hier zugetragen haben muss. Und es ist kein Haus mehr, ist nur noch wunderschöne Vorderfront und Teile der beiden Seitenflügel und halb eingestürztes Dach. In den Zimmern wuchern Brombeersträucher. Wein wächst überall. Die Fensterscheiben sind zerborsten – barsten im Feuer vor zweiundvierzig Jahren. Doch allein sein Anblick verzaubert mich immer wieder aufs Neue – wie damals. – Wie damals? Es sind doch erst vier Wochen vergangen seit meiner Fahrt von Santana nach Ponta Delgada, als ich das Haus entdeckte. – Erst vier Wochen, und es scheinen mir Jahre vergangen zu sein.

Die Straße von Santana nach Ponta Delgada führt durch kleine Ortschaften, vorbei an Häuschen, deren Gärten noch bis weit hinter die Haustüren reichen – überall blüht und duftet es: tiefblaue und gelbe Hortensien, afrikanische Liebesblumen, Orchideen, Mombrizien, Lilien, Mimosenbäume, Hibiskussträucher, Malven.

Sie windet sich eng und schmal an den Steilhängen entlang, durch Weinberge, vorbei an Gemüsegärten, Obstplantagen, hinunter zur Küste, wieder hinauf, durch Täler und Tunnels.

Bei Arco de Sao Jorge fällt mein Blick für einen kurzen Moment hinunter ins Tal, hinüber zur anderen Bergseite und bleibt dabei hängen an einem grünen Bergkegel, der vielleicht hundert Meter vom Tal bis oben zur Spitze misst. Auf halber Höhe schimmert rosa im milden Abendlicht eine alte Quinta, ein Herrenhaus, halb zerfallen, überwuchert von wildem Grün. Ich trete auf die Bremse, fahre rückwärts bis zu einer Haltebucht und steige aus. – Und da ist's um mich geschehen: Ich liebe dieses alte Haus mit seinen Weingärten vom ersten Augenblick an.

Wieder im Auto, setze ich die Fahrt fort, um ein paar Minuten später von der Hauptstraße abzubiegen, hinein nach Arco de Sao Jorge, immer in Richtung des alten Herrenhauses. Im Dorf lasse ich den Wagen stehen und gehe zu Fuß. Eine hohe grau-rosa Mauer – die Farbe blättert wohl schon lange von ihr ab – taucht auf, Weinranken hängen über und Passionsblumengirlanden mit leuchtenden rosa Blüten und noch grünen Früchten: Maracuja banana nennt man sie. Ich finde den Eingang zum Anwesen, ein großes Portal mit weiter Flügeltür aus dickem dunklem Holz. Sie ist abgeschlossen und lässt sich nicht öffnen, auch ist sonst nirgendwo ein Durchschlupf zu finden und so spaziere ich wieder zurück zum Auto.

Im Dorf treffe ich auf ein paar Frauen, die ein Schwätzchen abhalten. Ich frage, wem die Quinta und die
Weinberge und Gärten gehören, die hinter der dicken
Mauer liegen. Ich spreche so gut wie kein Portugiesisch,
die Frauen kein Englisch und natürlich auch kein
Deutsch, und weil nun alles etwas komplizierter wird,
bedeuten sie mir mitzukommen in die Bar gleich um die
Ecke, dort wäre ein Mann, der Englisch verstehen und
sogar sprechen würde.
Der Mann in der Bar – fast noch ein Junge – wird von
den fünf Frauen geradezu überfallen und mit Worten
überschüttet. Er bekommt einen roten Kopf und wird
ganz aufgeregt, als er mit mir sprechen soll. Dann sagt
er, ich solle zu Carlos gehen, der die Weinberge und die
Gärten bearbeitet und ihn nach der Adresse von Senhora
Leontina fragen. Senhora Leontina würde in den USA
leben, in Kalifornien, und sie wäre eine ›Große Dame‹.
Carlos wohnt ein paar Straßen weiter in einem schönen
neu erbauten Haus. Er fühlt sich geehrt, weil eine ›Senhora aus Alemanha‹ zu ihm kommt und etwas von ihm
will.
Er wäscht sich die vom Reparieren an seinem Klein-
laster, wobei ich ihn störte, mit Öl verschmutzten Hände
in der Garage an einem Waschbecken, so groß wie eine
Babybadewanne, und bittet mich anschließend herein.
Kühl und immer noch abgedunkelt sind die Zimmer und
das Treppenhaus – die Madeirenser halten während des
Tages alle Fensterläden geschlossen, so haben sie auch
im Hochsommer, und selbst in der Mittagshitze, sehr
angenehme Temperaturen in den Räumen. – Weich fließt
Licht durch die Ritzen der dunkelgrün gestrichenen
Fensterläden, es ergießt sich auf die hellen Steinböden,
ringsherum herrscht grüne Stille.
Carlos öffnet eine Schublade im antiken Wandschrank
im Esszimmer, holt daraus einen Zettel hervor, auf dem

etwas geschrieben steht, legt den Zettel auf den Tisch, gibt mir ein leeres Blatt Papier und einen Bleistift in die Hand und sagt, ich solle Platz nehmen.

»Dies ist die Anschrift von Senhora Leontina in Amerika.« Er schiebt mir den Zettel über den Tisch.

Ich fühle, dass er unruhig wird, wissen will, warum ich Leontinas Adresse haben möchte.

»Senhor Carlos, das Haus von Senhora Leontina gefällt mir so sehr und ich dachte, vielleicht kann ich es kaufen.

– Ist es denn zu kaufen?«

»Ja, schon. Nur hat's bisher noch niemand so weit gebracht bei Senhora Leontina. Sie hat es sich jedes Mal wieder anders überlegt und die Verkaufsgespräche abgebrochen.«

Carlos wird noch unruhiger.

»Senhor Carlos, wenn ich die Quinta kaufen könnte, bräuchte ich wissende und helfende Hände im Garten und in den Weinbergen – ich verstehe nämlich von alledem gar nichts. Würden Sie auch für mich arbeiten?«

Fragend sehe ich Carlos an. Keine Antwort. Es vergehen ein paar Minuten, in denen er langsam den Kopf hin und her wiegt.

»Ja. – Ja, ich würde Ihnen wohl helfen müssen, sonst würden die Trauben bald ungenießbar sein!« Befreit lacht er auf, ein Stein fiel ihm gerade vom Herzen, schließlich hat er Frau und drei noch schulpflichtige Kinder, und das neue Haus, das im Kellergeschoss fertig zu bauen ist, und die täglich älter werdenden Eltern, und ...

»Yes, Leontina is at the phone.«

Die Stimme an der anderen Seite der Telefonleitung, drüben überm Atlantik, in Kalifornien bei San Francisco in Napa Valley, klingt herb und älter. Ich hatte mir Leontina jünger vorgestellt, weicher, und was weiß ich alles – auf jeden Fall bin ich zuerst etwas irritiert.

13

»Ich möchte Sie fragen, ob Sie Ihre Quinta auf Madeira bei Arco de Sao Jorge noch verkaufen wollen, das Anwesen gefällt mir sehr, ich habe mich in das Haus verliebt, besser in das, was davon übrig ist. Ich bin zur Zeit auf Madeira – für vier oder fünf Wochen. Wäre es Ihnen möglich, hierher zu kommen, falls Sie dies alles wirklich hergeben möchten?«

Leontina wird kommen. In zehn Tagen will sie hier sein. Ich habe Herzklopfen – und schlaflose Nächte. Du meine Güte, was habe ich da nur angefangen!?
Sollte ein Traum nicht besser Traum bleiben?
›Träume sind die Freiheit selbst.‹ – Ja, was aber ist mit der Freiheit, wenn ein Traum zur Wirklichkeit wird?

Carlos und ich fahren zusammen zum Flugplatz. Der Flieger, der Leontina nach Madeira brachte, ist bereits gelandet, die Passagiere sind schon bei der Gepäckausgabe – leicht angespannt warte ich nun auf eine Frau, von der ich mir überhaupt kein Bild machen kann.

Da ist sie. Leontina ist da. Sie ist klein, so wie die meisten Madeirenser, hat kurze lockige Haare, dunkelbraun und glänzend und, wie es scheint, nicht leicht zu zähmen. Und dann diese Augen, die mich sofort in ihren Bann ziehen – klug und fragend und honigbraunwarm. »Ich bin Leontina,« sagt sie, »und Sie sind also die Frau, die sich in eine Ruine verliebte!«
Ein Lächeln von ihr, ein paar Worte genügen, und alle meine Zweifel, die ich in den vergangenen Tagen hatte, meine Unsicherheiten, die Ängste vor meinem eigenen Mut sind plötzlich wie weggewischt. Ich werde diesen Traum verwirklichen, er ist gut – viel zu gut, um ihn nur Traum bleiben zu lassen.

»Guten Tag«, ruft der kleine sechsjährige Junge vom Balkon im ersten Stock herunter zu mir auf die Straße. Er hat wohl schon gewartet auf mich – auf die ›Senhora mit den roten Haaren aus Alemanha‹.

Leontina wohnt bei ihrer Verwandtschaft in Ponta Delgada, diesem netten, freundlichen und gemütlichen Fischer- und Bauerndorf, wo auch ich für diesen Sommer eine kleine Wohnung gemietet habe.

»Guten Tag! Kommen Sie herein! Ich öffne gleich die Gartentür!« Schon ist der kleine muntere Kerl verschwunden – ich höre, wie er durchs Haus stürmt und ruft: »Die Senhora mit den roten Haaren aus Alemanha ist da!«

In der Wohnküche, versammelt um den großen Familientisch aus massivem Lorbeerholz, sitzen Leontinas Vettern, Tanten, Onkel, deren Kinder und Kindeskinder, und es wird gelacht und gescherzt, und alle freuen sich, beisammen zu sein, in ihrer Mitte Leontina wieder zu haben und reichlich und ausgiebig zu Mittag essen zu dürfen.

»Bitte, bitte nehmen Sie Platz – hier ist Brot, Wein, Gemüse, Fleisch von der Ziege, Fisch, Oliven, zum Nachtisch Maracuja. Greifen Sie zu, bitte.« – Alle Augen sind auf mich gerichtet, alle Frauen fordern mich auf, mich zu bedienen – alle sind klein und rund und fröhlich und glücklich.

Es ist schon später Nachmittag, Leontina und ich sind auf dem Weg zur Quinta. Tapfer kämpft sich mein kleiner Leihwagen über die Steigungen, um die Ecken und Biegungen auf der Straße nach Arco de Sao Jorge, die schmal und unübersichtlich an den Steilhängen entlangführt.

Stille. Ruhe nach der Lebendigkeit am Mittagstisch. Wir schweigen – meine volle Aufmerksamkeit gehört der Straße. – Leontinas Schweigen aber ist anders, ist beklemmend.

Ich lenke den Wagen in eine Haltebucht, stelle den Motor ab, steige aus, und setze mich auf die niedrige Mauer, die vor dem Abstürzen in die Tiefe bewahren soll. Smaragdgrüne Eidechsen, goldfarbene, große, kleine, liegen in der Sonne auf den warmen Steinen. Weit unten das Meer und eine herrliche Brandung, in der sich die Sonne bricht und Regenbogenfarben tanzen lässt. Eine Autotür schlägt zu, Schritte nähern sich, Leontina tritt an meine Seite.

»Entschuldigung«, sagt sie leise.

»Sie brauchen sich nicht für Ihr Schweigen zu entschuldigen – ich verstehe.«

Leontina ergreift meine Hände, fest hält sie beide in den ihren.

»Lass uns ›Du‹ zueinander sagen.«

In Arco parken wir mitten im Dorf – so war es Leontinas Wunsch, sie möchte sich langsam der Vergangenheit nähern – auch der vergessenen, doch nie wirklich verlorenen Trauer.

»Warum willst Du dieses herrliche Anwesen verkaufen, Leontina? Magst Du denn nicht mehr nach Madeira zurückkehren? Und warum gerade an mich, an eine Ausländerin? Findet sich niemand unter Deinen madeirensischen Verwandten, der es gerne haben möchte, die Quinta wieder aufbauen könnte, die Weinberge pflegen, und die Tradition Eurer einstmals berühmten Weine aufleben ließe? Ich verstehe doch nichts vom Weinbau. – Ja, ich werde Dein Haus aufbauen, so schön wie es einstmals war, doch Wein werde ich wohl kaum viel erzeugen. Es wird ein wunderbar wilder Garten sein, der sich um das Herrenhaus herum ausbreitet, sich über den ganzen Hügel zieht und nur da und dort von etwas gezähmterer Wildheit unterbrochen wird.«

Leontina schweigt. Schaut ins Leere. Sagt dann unvermittelt: »Meine Wurzeln verliere ich nicht, nur die schmerzende Traurigkeit will ich hinter mir lassen. – Oh ja, es gab schon mehrere Madeirenser, die sich für das Anwesen und letztendlich auch für mich interessierten.« Leontina lacht bitter auf. Schaut wieder ins Leere. »Da war auch einer, der wollte den ganzen Hügel zur Ferienanlage umgestalten – 40 Bungalows mit viel Glas wollte er darauf verteilen, und mehrere Pools, und Bars, und Restaurants. – Mir wurde ganz übel, als er mir seine Idee unterbreitete. Die jungen Leute auf Madeira halten nicht mehr viel von Tradition, auch wollen sie nicht mehr die schwere Arbeit in den Weingärten machen, die oft sehr steil an den Hängen liegen. Die jungen Madeirenser kennen nicht einmal mehr richtig die Geschichte unserer Insel, und nur die allerwenigsten unter ihnen wissen Genaueres aus unserer Vergangenheit. Sie alle bauen – im wahrsten Sinne des Wortes – heute auf den Tourismus, der noch mehr vorangetrieben werden soll. – Nun, Du weißt ja selbst, wie es derzeit schon ausschaut drüben um Funchal herum, und dann diese Katastrophenbauten östlich in Richtung Flugplatz und noch weiter darüber hinaus! Hier auf der wilden nördlichen Seite hält sich zum Glück das Ganze noch in ziemlichen Grenzen – was aber nur mit dem etwas kühleren, ab und zu feuchten Wetter zu tun hat und dem oftmals bedeckten Himmel, sonst wäre hier wohl der Wahnsinn auch schon ausgebrochen.«

Am großen Portal vor der hohen Mauer angekommen sagt sie:

»Du solltest einige Dinge über die Quinta erfahren, bevor Du sie kaufen wirst.«

»Nicht nur ›einige Dinge‹, Leontina, alles möchte ich wissen.«

»Aber wo soll ich nur anfangen und mit was?«

»Nun, wie war es, als es die Quinta noch gar nicht gab? Erzähle einfach von Anfang an, Leontina.«

»Es ist das Jahr 1830. Leon, ein zwanzigjähriger junger Mann, erbt von seinem Großvater ein paar Weinberge hier unten an diesem Hügel. Gleich wirst Du sie sehen – rechts, hinterm Portal, entlang der Mauer.«

Leontina steckt den schweren Schlüssel ins halb verrostete Schlüsselloch, dreht ihn um, es quietscht, sie drückt den Türgriff herunter, es ächzt und krächzt, das Portal springt auf.

Grün, nur grün, überall Wein, dazwischen hier und dort ein Fleck mit Mombrizien, feuerrot leuchten sie durch all das Grün. Und ein rosa Schimmern – das Haus.

Mein Herz klopft. Fast ist es, als ob ich meiner allerersten Liebe wieder begegnen sollte, voller Angst und Erwartung, Ahnung und Wissen, dass es um mich geschehen ist. Die Vernunft klinkt sich aus, und mit ihr der Verstand. Himmelblau und rosarot scheint die Welt.

In das Mauerwerk eingelassen, zwei Meter entfernt vom Eingangstor, rechts, auf Schulterhöhe, entdecke ich eine kleine Nische, ein zierlich geschmiedetes Gitter hängt davor.

»Dort hinein legte Tina ihren Schlüssel zum großen Portal der Quinta«, beantwortet Leontina meine ungestellte Frage.

›Also Leon und Tina. – Leontina? – Aber warum legte Tina dort ihren Schlüssel zum Herrenhaus hinein?‹, überlege ich.

»Wenn Du Dich genug gefragt hast warum und weshalb«, sagt Leontina, »gehen wir weiter, sonst ist es dunkel, bis wir endlich ganz oben angekommen sind.«

Das Gemäuer, an das wir uns anlehnen, ist noch warm von der Sonne. Ganz oben auf dem Hügel stehen wir, blicken hinunter ins Tal, hinaus aufs Meer, auf Arco, auf seine Häuser, die steil am Hang hängen.

»Es war Leon, der das Haus baute. Für Tina. Aber ich

will der Reihe nach erzählen. Das dauert Tage, bis ich ende. Wirst schon sehen, und genug bekommen. Du meine Güte, auf was habe ich mich da eingelassen«, sagt Leontina.

»Es war im Frühling 1830. Leon, mein Ururgroßvater, damals gerade zwanzig geworden, erbt die Weinberge seines Großvaters am Fuße des kegelförmigen Hügels in Arco de Sao Jorge. Leon war ein schöner Mann. Es gab ein Bild von ihm. Es hing in der Eingangshalle. Als ich noch ein kleines Mädchen war, bin ich oft davor gestanden und habe mir gesagt, dass der Mann, den ich einmal heiraten werde, genauso aussehen wird wie Leon. – Dieses Bild gibt es auch nicht mehr – es ist verbrannt – verbrannt im großen Feuer zusammen mit der Vergangenheit.«

Leontina schließt die Augen, holt tief Luft und flüstert, eigentlich ist es mehr ein Murmeln:»Dieses Bild, wie ein Mann an meiner Seite aussehen müsste, gibt es überhaupt nicht mehr – weder in Öl, noch als eine kindliche Vorstellung.

Leon

Nach der Beerdigung geht Leon in die Weingärten, die nun ihm gehören sollen. Er kann es immer noch nicht glauben, dass dies nun alles sein ist, hat doch sein Großvater zu Lebzeiten nie eine Andeutung gemacht, ein Wort darüber verloren, dass er Leon dafür ausgesucht hat, seinen Wein, der ihm stets wichtiger als seine Kinder war, zu erben. Pater Joao übergab den Brief des Großvaters, der an Leon gerichtet war, am Abend vor der Beerdigung der Familie. Zwei Jahre zuvor hatte ihn der Großvater geschrieben und beim Pater hinterlegt.

Leon betrachtet die frisch ausgetriebenen Reben, wendet das Blattwerk, um es nach Schädlingen abzusuchen. ›Deine Hände sind gute Hände, sie haben Kraft, genauso wie Dein Herz‹. – Leon hört in Gedanken die Worte des Großvaters, wie wenn er sie eben erst sprechen würde. »Deshalb hat er mich bestimmt, seinen Wein zu bekommen! Er hat mich jahrelang beobachtet, hat alle seine Kinder und Enkel immerzu beobachtet und dann seine Entscheidung getroffen!«
Und Leon fängt an, seiner Zukunft eine Gestalt zu geben.

1837

»Du sollst zur alten Maria kommen, Leon. Sie schickt mich, Dich zu fragen, ob Du ihre Weinberge, die an die Deinigen grenzen, kaufen würdest. Sie sagte, sie wolle nun ›Ordnung‹ machen, es wäre an der Zeit. Ihre Verwandten in Amerika würden wohl keine Weinberge auf Madeira bewirtschaften wollen, sie werde ihnen, ›falls es dann noch welches übrig hat‹, Geld hinterlassen. Und sie sagte noch: ›Leon hat Verstand, er ist ein guter Weinbauer, und er ist klug in seinen Entscheidungen, das hat er in den letzten Jahren uns allen gezeigt. Er hat auch das nötige Geld, um es gleich an mich bezahlen zu können.‹ Also geh morgen am Mittag zu Maria, Leon, sie möchte es so.« Langsam und betont deutlich setzt der alte Carlos, der sich der Wichtigkeit seines Auftrags voll bewusst ist, seine Worte.

Mit dem Kauf von Marias Weinbergen und dem anschließenden Tausch von Leons Gemüse- und Obstfeldern im Tal gegen weitere Weingärten am Hang hat sich Leons Grundbesitz mehr als verdoppelt. Ein großes zusammenhängendes Stück Land, auf dem kräftige gesunde Weinstöcke wachsen, ist nun sein Eigentum.

»Ich muss mich nach Helfern umsehen; zwei, drei Männer, die wissen mit Wein umzugehen, werde ich wohl einstellen. Und für die Zeit der Weinlese sollte ich noch ein paar Frauen aus dem Dorf dazunehmen.« – Leon bespricht mit Pater Joao seine Pläne.

Tina

Täglich kommt sie jetzt hierher in die Weinberge, sucht nach Leon, bis sie ihn gefunden hat, bleibt in zehn Metern Entfernung von ihm stehen, zieht die Schuhe aus, gräbt ihre Füße in die Erde ein und schaut Leon bei der Arbeit zu. Wenn sie genug gesehen hat, geht sie wieder, ohne ein Wort gesagt zu haben.

Anfänglich kam sie nur hin und wieder, unregelmäßig, dann immer öfter, je wärmer der Sommer wurde, und nun sieht Leon sie täglich im Weingarten.

›Warum sie wohl meine Nähe sucht?‹, fragt er sich.

Einmal sprach er sie an, fragte nach ihrem Namen, bekam aber keine Antwort.

Heute sieht er sie schon von Weitem kommen, wie sie den Hang hochsteigt, leichtfüßig, flink. Ihr dunkelblaues Leinenkleid mit der bunt bestickten Schürze leuchtet in der Vormittagssonne, die langen dunklen Haare fallen ihr ins Gesicht.

»Guten Tag!«, ruft Leon ihr zu, doch sie antwortet nicht und geht weiter.

Dann setzt sie sich auf den Boden; diesmal sind es nur noch fünf Meter Abstand zu Leon.

»Tina«, sagt sie. »Ich heiße Tina.«

Sie gräbt ihre Füße in die warme Erde ein bis zu den Knöcheln.

»Du bist Leon, nicht wahr?«

»Stimmt.«

»Ich bin sechs.«

»So, sechs bist Du also.« Leon schaut sie dabei an.

›Was für große dunkle Augen sie hat‹, denkt er. ›Ein hübsches Mädchen.‹

»Wie alt bist Du? Meine Mama sagte, Du wärst zu alt für mich. Dreißig wärst Du.«

»Ich bin siebenundzwanzig.«

»Siebenundzwanzig. – Ist das mehr als dreißig?«
»Nein, drei Jahre weniger.«
»So. – Weniger. – Du bist also doch nicht zu alt für mich«, stellt Tina fest mit Trotz in der Stimme.
Sie beobachtet Leon, wie er die Reben ansieht, die Blätter wendet, die Beeren begutachtet.
»Ich mag es, wenn meine Füße in der Erde stecken. Du auch, Leon?«
»Ja.«
»Warum setzt Du Dich denn nicht neben mich und gräbst Deine Füße auch in den warmen Boden?«
»Ich kann jetzt noch keine Pause machen, es gibt noch viel für mich, das heute gemacht werden muss.«
»Gehst Du zum Mittag nach Hause, oder wirst Du hier essen im Weinberg?«
»Ich bleibe hier.«
Tina erhebt sich, zieht ihre Schuhe an, rennt weg mit den Worten: »Ich bin bald zurück. Wir werden zusammen zu Mittag essen!«

Tinas Mutter ist verwundert. Das Kind nimmt sich Brot, Oliven, zwei Pfirsiche, packt alles zusammen in ein Tuch, und läuft damit aus dem Haus, ruft der Mutter noch zu: »Ich esse im Weinberg mit Leon – er ist doch nicht zu alt – ich werde ihn heiraten!«
Tinas Mutter beschließt, mit Leon zu sprechen – bald.

Das karge Mittagessen ist vorüber. Leon nimmt den Krug mit Wasser, fragt Tina, ob sie auch Durst hätte und einen Schluck Wasser aus seinem Krug trinken wolle.
»Nein.« Tina schüttelt den Kopf. »Nein, es gibt etwas noch viel Besseres für den Durst. Hier, sieh, die beiden Pfirsiche. Einen für Dich«, und dabei legt sie Leon den größeren Pfirsich in die Hand, »und einen für mich.«

»Mutter, Mutter, wo ist die Flasche mit dem Rum? Gib sie mir und ein Glas dazu und ein sauberes weißes Tuch, ich brauchs für Leon!« Tina eilt die Treppe hoch in die Küche zu Ana. »Schnell, schnell, er wird sich noch erkälten. Er ist patschnass. Aus seinen Kleidern läuft das Wasser, und die Schuhe quietschen bei jedem Schritt. Am Arm blutet er, das Blut rinnt über seine Hand und tropft auf die Erde. Nun mach doch schon, Mutter!«

»Tina – was ist passiert mit Leon?« Ana packt das Kind bei den Schultern.

»Die Männer und er haben die vollen schweren Weinfässer aus dem Meer herausfischen müssen. Das Boot nach Funchal war schon fast fertig beladen, als ein paar starke Wellen kamen, die es kentern ließen. Die Ladung rutschte ins Wasser. Und Leon hat sich an den Bootsplanken den Arm aufgerissen.«

»Leons Geschwister werden sich um ihn kümmern. Bestimmt ist er schon nach Hause gegangen wie die anderen Männer auch. Du bleibst hier. Und setz Dich an den Tisch, wir essen gleich. Das hätte Leon gerade noch gefehlt, ein Kind, das immerzu nur plappert. Er braucht jetzt seine Ruhe nach der schweren Arbeit. Erst musste er mit den Männern die gefüllten Weinfässer den steilen Abhang hinunter zum Boot tragen und dann die ›Nussschale‹ beladen und noch ein weiteres Mal, nachdem die Fässer aus dem Meer gefischt waren. Du kannst morgen wieder im Weinberg nach ihm sehen.«

»Ich muss mich aber um ihn kümmern, Mutter, ich will ihn heiraten!«

»Er wird eine andere nehmen, dann wirst Du enttäuscht sein.«

»Wird er nicht. Er wird mich heiraten! Ich weiß, Du wirst es mir solange nicht glauben, bis zu dem Tag, an dem er mir im Weinberg sein Jawort gibt. Und er wird es mir geben.«

Ana gibt es auf, mit ihrer neunjährigen Tochter zu disku-
tieren.

1847

Leon hat viel erreicht.
›Leon's‹ zählt zu den großen Weingütern auf Madeira. Es
ist das größte im ganzen Norden der Insel. Madeiras bes-
ter Wein, der Sercial, wächst entlang der wilden Küste –
und reift in den Weinbergen und in den hölzernen Fässern auf Leons Besitztum. ›Leon's‹ ist ein bedeutender
Name geworden, ein Inbegriff für Qualität und Ehr-
lichkeit. Leon ist zufrieden – und plant die Zukunft weiter, gestaltet sie, und seine Gedanken kreisen um Tina.
Tina ist sechzehn und zur jungen Frau geworden.

»Würdest Du mich zum Mann haben wollen, Tina?«
»Ich hab meiner Mutter schon vor zehn Jahren gesagt,
dass ich Dich heiraten werde.« Tina lächelt. »Willst Du
mein Mann werden, Leon?«
»Ja. Ich will Dein Mann werden. Ich möchte Dich heira-
ten, Tina.«
»So sind wir nun also verlobt. – Eigentlich sind wir es
schon seit zehn Jahren, denn als ich Dir den Pfirsich gab,
damals im Weinberg bei unserem ersten gemeinsamen
Mittagessen, war es für mich wie ›Verlobungsringe an
die Finger stecken‹.«
Leon lacht. Und seine Augen hüllen Tinas Gestalt in
einen Mantel der Liebe.
»Können wir uns nun endlich küssen, Leon?«
Zart küsst Leon Tina auf den Mund.
»Tu's richtig, Leon, küss mich richtig.«

Und Leon beginnt ein Haus zu planen, mitten hinein in den Weinberg. Ein Haus für Tina.

Dezember. Der Regen hat aufgehört. Kühl und frisch ist die Luft in Madeiras Norden. In den Weinbergen und -gärten ist Winterruhe eingekehrt.
»Zeig mir Deinen Lieblingsplatz, Tina«, sagt Leon.
»Er ist dort oben, wo die alten Reben sich treffen mit den jungen Weinstöcken. Dort bei den Pfirsichbäumchen.«
Leon und Tina spazieren den Hang hinauf – weit sind heute die Sichten. Ruhig liegt das Meer Madeira zu Füßen. Der letzte Tag im alten Jahr schläft.
»Hier ist der schönste Platz, Leon. Man sieht den Ozean und die Berge, die fruchtbaren Gärten und die Häuschen von Arco, wie sie sich an die Hügel schmiegen.«
Tina erstaunt Leon immer wieder neu. Mal ist sie keck, mal forsch und kurz entschlossen, mal steckt sie voller Poesie und kann Dinge sehen, die andere nicht wahrnehmen.
»Hier würde ich gerne ein Weinstock sein, Leon.«
»Dann soll dies auch der Platz werden, an dem Du Deine Wurzeln tief in die Erde versenken kannst. Zwanzig Schritte – zehn nach rechts, und zehn nach links von hier«, dabei küsst Leon Tina auf den Mund, »ganz genau von hier. Beweg Dich nicht, Tina, ich will die Schritte messen. Zwanzig Schritte. Wenn es fertig ist, sind es zwanzig Jahre. Für jedes Jahr seit ich Großvaters Weinberge erbte einen Schritt. Und das Portal zur Quinta wird dort sein, wo jetzt Dein roter Mund mich küsst.«

1850

»Hast Du's schon gehört?«»Weißt Du schon von Tina?«
»Heiraten will sie in einem langen weißen Kleid aus Seide,
wie es die feinen englischen Damen tragen.«»Senhora
do Monte! Gütiger Himmel! Der arme Leon! Was wird er
alles erleben müssen!«»Einen Kranz will sie im Haar
tragen aus Weinblüten.«»Und ohne Schuhe will sie sein
– barfuß will sie im Weinberg stehen, die Füße eingegraben in die Erde, so soll dort Pater Joao sie mit Leon ver-
heiraten!«»Die arme Ana, was muss sie alles mitge-
macht haben mit diesem Kind! Froh wird sie sein, wenn
sie endlich nicht mehr auf sie aufpassen muss.«
Das Gerede im Dorf um die Hochzeit von Tina mit Leon
nimmt kein Ende. Die Frauen tratschen und schwätzen
und vergessen darüber ihre täglichen Pflichten. Die
Männer schimpfen, weil ihnen nur kalte Suppen und
Geschwätz aufgetischt werden – und ganz allmählich
macht sich Sympathie unter den Männern breit für Tina:
»Sie ist bestimmt kein Schwatzweib!« – Und die Männer
fangen an, Leon zu beneiden.

Der Duft der Weinblüten in Tinas Brautkranz erfüllt den
Raum. Das seidene Hochzeitskleid – im Liebestaumel
ausgezogen, im heißen Begehren aufeinander achtlos
über einen Stuhl geworfen – schimmert im frühen
Morgenlicht, Spuren von Erde sind am Saum noch zu
sehen, Spuren der fruchtbaren Erde, in die Tina bei der
Trauung ihre Füße eingegraben hatte.
Tina betrachtet ihren nackten Körper im großen
Spiegel. Das sanfte Licht, das durch die Fenster, durch
die hellen, noch zugezogenen Gardinen ins Schlafzimmer dringt, legt sich wie ein Schleier auf ihre bronze-
ne Haut. ›Das Mädchen Tina ist zur Frau geworden.
Senhora Tina. Senhor Leon und Senhora Tina.‹ Mit

einem Lächeln verabschiedet sie sich von ihrem Spiegelbild.

»Nein, beweg Dich nicht, bleib so, nur für eine kleine Weile, Tina, ich will diesen Augenblick in mein Herz nehmen. Und wenn ich von Dir erzählen werde, und wenn ich an Dich denken werde, wirst Du so vor mir stehen wie gerade eben in diesem Moment. Selbst der noch junge Tag verweilt, um Dich zu betrachten.«

Und der Ozean der Leidenschaft schlägt seine Wogen über ihnen zusammen. Wellen türmen sich auf, um mit aller Macht an den Klippen sich zu brechen. Der Sturm verebbt, und zurück bleibt die Liebe.

»Komm mit mir, Tina, in den Garten.«

›Wie wirklich und gleichzeitig unwirklich alles ist‹, denkt Tina, als sie neben Leon barfuß über die schmalen Wege geht.

Die Sonne steht schon tief im Westen an diesem ersten Tag.

»Mach die Augen zu, Tina, ich will Dich führen. Bleib stehen, jetzt dreh Dich um, lass aber Deine Augen noch geschlossen.«

Leon ist mit Tina bei den Pfirsichbäumchen angekommen.

Tina hört, wie Leon ein paar Schritte weg von ihr macht, zurückkommt. Fühlt seine Hände, die ihre Hände nehmen, um etwas Eckiges, Hölzernes, Glattes darin hineinzulegen.

»Was ist das, Leon?«

»Ich hab's für Dich gemacht, Tina. Nun darfst Du Deine Augen öffnen.«

Ein kleines dunkelbraunes Kästchen – eine kleine Schatulle – ruht in Tinas Händen. Mit feinen weißen Pinselstrichen wurde auf den Deckel ein Haus gemalt, eine Quinta, die genauso aussieht wie das neu erbaute

Herrenhaus hier in Leons Weinberg. ›Tinas Haus‹ steht in winzigen goldenen Buchstaben an der Seite geschrieben.

»Es ist aus Lorbeerholz. Aber Du musst es auch aufmachen, es hat einen Inhalt.«

Leon beobachtet Tinas Gesicht, den Ausdruck ihrer neugierigen dunklen Augen, ihre Hände, die das Kästchen befühlen, die Vorsicht, mit der sie den Deckel ein wenig hochhebt, das leichte Zucken ihrer Lippen, ihr Lächeln – zuerst in den großen Augen, dann um den Mund.

»Ein Schlüssel?« Mehr Antwort als Frage sind Tinas Worte.

»Du kannst das Meer sehen, und die Berge, das fruchtbare Tal, die Boote der Fischer, Arco de Sao Jorge, die Weingärten, den Himmel, Wolken und Sterne, den Mond und die Sonne. – Dies hier«, Leon nimmt den Schlüssel aus der kleinen Schatulle, »dies hier ist der Schlüssel dazu, der Schlüssel zum großen Portal von ›Tinas Haus‹. Für Dich hab ich's gemacht. Nur für Dich ist's gebaut, Tina.«

Die Einladung brachte ein Bote ins Haus.
›An Senhor und Senhora Leon‹ stand auf dem Umschlag.
›Mr. and Mrs. Henry B. Williams wären erfreut, wenn Sie ihnen die Ehre erweisen würden, Sie bei der kleinen Teegesellschaft am 9. September, nachmittags 5 Uhr, in Manorhouse Quinta begrüßen zu dürfen.‹
In fraulicher gemalter Schrift auf feinem weißem Papier stehen die Worte.

»Nun sind wir wohl keine ›gewöhnlichen Leute‹ mehr, Leon, nicht wahr? – ›Ma'am‹, ›Sir‹ werden die Diener in Manorhouse Quinta zu uns sagen, und sie werden sich verbeugen, und die Zimmermädchen werden einen Knicks machen. Und wir werden den Tee aus Porzellantassen trinken, die so fein sind, dass durch sie die Sonne

und der Mond hindurchscheinen. – Unsere Füße aber
werden bleiben, wo sie sind: eingegraben in der Erde.«
›Wie tief sie nachdenkt und empfindet‹, denkt Leon. Und
er liebt sie mehr denn je zuvor – er liebt sie so sehr, dass
es ihn schmerzt.

Henry B. Williams' Weingut erstreckt sich über die Hügel
und Ebenen bei Sao Jorge. Es ist ein großer Besitz, der
zu den schönsten auf Madeira zählt. Gleich Leon, baut
Henry Williams, neben anderen Rebsorten, auch die Ser-
cial-Traube an, aus der ein trockener starker Weißwein
gemacht wird, den Liebhaber wegen seines verfeinerten
Aromas für den besten der Madeira-Weine halten, der
aber auch seine Zeit braucht, um sich richtig zu entfal-
ten. – Dieser edle Tropfen hat seine Freunde gefunden
unter den Genießern – in den noblen Kreisen Londons
gleichwohl als auch beim englischen Adel auf dem Lande
in den Grafschaften. Ja, Sercial wird in die ganze Welt
verschickt, und ein besonderer Jahrgang hat seinen Preis,
ein Außergewöhnlicher bringt ein kleines Vermögen.
Rege Geschäfte werden mit den madeirensischen Weinen
betrieben. Britische Händler besuchen regelmäßig die
Weinbauern, kaufen Weine – oftmals den ganzen Jahrgang – auf, und verfrachten sie in alle Welt auf eigens
dafür ausgestatteten Schiffen. Besonders edle Tropfen
werden über Jahre, Jahrzehnte und noch länger in
schweren Holzfässern gelagert.
Die weit verzweigte Familie Williams betreibt ihren
eigenen Weinhandel. Henry B. machte sich von allen
Handelsverbindungen frei und setzte seine Familienmit-
glieder ein, sandte seine Söhne nach England, Brüder
nach Indien, Schwestern und Schwäger nach Australien,
Neffen nach Afrika, Nichten und deren Ehemänner nach
Amerika, verteilte blutsverwandte und angeheiratete
Familien über die ganze Welt. In nahezu allen Ländern,

die der britischen Krone unterstehen und in denen sich wohlhabende Engländer aufhalten, lassen sich ›Williamszweige‹ – wie Henry B. sie nennt – finden. Mächtig und reich ist Henrys große Familie geworden.

Die Fußpfade und Wege über die Insel, die Dörfer untereinander verbinden oder den Norden Madeiras mit dem Süden, mit der Hauptstadt Funchal, sind mühsam zu gehen und oft gefahrvoll, besonders wenn sie über die Berge führen, in wild zerklüftete Schluchten hinab, an Steilhängen wieder hinauf, feuchte, rutschige Wegstrecken sind, über glitschige, bemooste Steine. Die leichtere und angenehmere Verbindung von Ort zu Ort ist der Seeweg entlang der Küste.
Sie sehen alle gleich aus, die Boote der Fischer und die der Schiffer, die Güter und Personen transportieren. Breite, stabile Nussschalen, die gut im Wasser liegen und von kräftigen Männerarmen gerudert werden.
Die Brüder daSilva haben heute eine andere Fracht an Bord von Leons Boot als sonst meist üblich. Sie rudern Tina und Leon nach Sao Jorge, und nicht die Weinfässer aus Leons Keller, die dann im Hafen von Sao Jorge auf etwas größere Boote geladen werden für die Fahrt in den Hafen Funchals, von wo aus sie auf großen Segelschiffen in alle Welt gehen.
Die Bootsfahrt der Küste entlang von Arco de Sao Jorge nach Sao Jorge dauert eine gewisse Zeit und Leon nutzt sie, um Tina Näheres über den Menschen Henry B. Williams zu erzählen. Es ist die Geschichte vom geschäftlichen Erfolg eines Mannes, der mit Beharrlichkeit, stets unbeirrbar, sein Ziel verfolgte, welches da hieß: Reichtum, Einfluss, Macht. Dies alles hat er geschafft in knapp fünfunddreißig Jahren. Nun ist er Mitte fünfzig und denkt daran, es langsamer angehen zu lassen und seinen Reichtum zu genießen.

31

Es ist aber auch die Geschichte eines Mannes, der zeitlebens jungen schönen Frauen sehr zugetan war, der seine Begierde nach ihnen nicht zügeln konnte und wollte und der so manches Kuckucksei in fremde Nester legte.

Tina ist beeindruckt und abgestoßen zugleich. Beklommenheit macht sich breit, Unbehagen und Bedenken, ob sie sich in diese Kreise begeben will – ob sie überhaupt an der Teegesellschaft teilnehmen will.

»Leon, mir wäre lieber, Du würdest das Boot wenden lassen. Sage den beiden daSilvas, sie sollen uns nach Hause rudern.«

Leon sieht Tina von der Seite an. Er dachte sich, dass sie so reagieren würde, deshalb sprach er über Henry Williams nicht schon eher, sondern verschob es immer wieder.

»Ich weiß, Tina, doch diese Einladung ins Haus der Williams ist sehr wichtig für unsere künftigen Geschäfte; wir müssen in der englischen Gesellschaft unseren Platz bekommen.«

Schon von weither erblickt man Manorhouse Quinta oben auf der ins Meer ragenden Klippe. Ein langgezogenes rechteckiges Gebäude, weiß mit dunkelgrünen Fensterläden und Türen. In fünfzig Metern Tiefe spielen die Wellen des Atlantiks mit dem schwarzen Lavagestein der Küste. Unentwegt kommen und gehen sie – rollen an, überschlagen sich, werden zu Schaum, ziehen sich zurück. Die Sonne lässt kleine Regenbogen auf ihnen tanzen.

Das Geräusch der Brandung lässt Tina die innere Ruhe und ihre ganz eigene Selbstsicherheit wieder finden.

»Es stimmt, was über sie erzählt wird.« – »Hübscher ist sie, noch viel hübscher als von ihr gesagt wird.« – »Wie selbstbewusst sie über den Rasen läuft. – My goodness!

Sie ist ja barfuß!« – »Rose, Darling, sieh nur, sie sitzt unter den Rebstöcken! Auf der nackten Erde! Sie gräbt ihre Füße in den Lehm!« – »Wir sollten uns näher mit ihr befassen, sie scheint eine wunderbare Frau zu sein.« – »Meinst Du wirklich, Sarah?« – »Ja, Rose, das meine ich wirklich.«

Sarah Williams, die klug und weise gewordene Ehefrau von Henry, hat nach dreißig Jahren an dessen Seite und nach noch mehr Liebschaften ihres ungetreuen Mannes gelernt, ihm die Luft aus den Segeln zu nehmen, bevor er anfängt Anker zu lichten, um aus dem Hafen auszulaufen.

Die Trauben sind gelesen.
Der Wein arbeitet in den Fässern.
Die Rebstöcke ruhen sich aus von der Last der gereiften Süße, der Fülle, die sie trugen.
Die Weinberge liegen im Winterschlaf.
Leon hat mehr Zeit für Tina und sie bittet ihn, ihr Lesen und Schreiben beizubringen.
Sorgfältig malt sie die Buchstaben aufs Papier. Dann Worte. Und ganze Sätze. Und beginnt, sich für Bücher zu interessieren.
Im Juni kommt ein Paket ins Haus, darin in weißes Seidenpapier, mit weißer Schleife, schön eingewickelt ein Buch: Die Reisen des Marco Polo.
Ein unbeschreibliches Glücksgefühl ergreift Tina. Sie drückt das Buch an sich und wirbelt damit durch die Zimmer, die Eingangshalle. Sie läuft in den Garten zu den Pfirsichbäumchen, zieht die Schuhe aus, setzt sich auf die Erde, gräbt ihre Füße ein, macht die Augen zu, und befühlt lange Zeit den weichen warmen ledernen Einband des Geschenks. Dann öffnet sie die Augen wieder – rot leuchtet das Buch mit dem goldverzierten Titel in Tinas Händen.

Sie beginnt darin zu blättern, aus der Mitte heraus nach hinten, nach vorn. Zwischen der vierten und fünften Buchseite findet sie einen getrockneten gepressten grünen Blütenstängel, an dem kleine weiße Glöckchen hängen. Lily of the valley – die fremdartige Blume, die Tina in Manorhouse Quinta in dem kleinen Garten Sarahs an der schattigen Seite des Hauses blühen sah bei ihrem letzten Besuch dort vor ein paar Wochen, die Blume, die so betörend duftete und die sie noch nie zuvor irgendwo gesehen hatte.

»Sie ist aus meiner Heimat in England, da blühen sie jetzt in den lichten Wäldern; sie fühlt sich hier wohl, sie hat nicht nur ›überlebt‹. Es geht ihr so wie mir«, sagte Mrs. Williams an diesem Nachmittag, nachdenklich geworden.

Tina blättert eine Seite nach vorne. In großen schönen Buchstaben, deutlich und gut lesbar geschrieben, steht eine Widmung:

›Tinas erstes Buch – der Anfang von vielen weiteren. Der Anfang auch von so Vielem mehr. Sarah Williams.‹

»Sieh nur, wie sie miteinander gehen, wie er sie am Arm führt!« – »Wie sie ihn anblickt und lächelt – und wie stolz sie ihre anderen Umstände zeigt!« – »Dass sie sich nicht schämt, ein so enges Kleid anzuziehen, noch dazu in die Kirche zum Weihnachtsgottesdienst!« – »Sie hat bestimmt nicht mehr lange bis zu ihrer Niederkunft.« – »Schaut! Seht doch nur, wie glücklich Leon und Tina sind! Warum wollt Ihr denn immer nur Schlechtes bei Tina finden!?«

Die Frauen im Dorf haben wieder einmal Grund, länger nach dem Kirchgang zusammenzustehen.

1852

»Sie haben einen Sohn, Senhor Leon. Meine Glück-
wünsche«, sagt die Hebamme und legt das Neugeborene
in Leons Arme.
Leon trägt das kleine weiße Bündel ans Fenster, um es
besser betrachten zu können. Ein Lächeln spielt um
seine Augen, seinen Mund.
»Wie hübsch Du bist, Manuel, mein Sohn. Deine Mutter
hat Dich mir beschrieben, als Du noch unter ihrem
Herzen schliefst. Sie sagte mir aber nie, wie bildschön
Du bist – mit Deinem bronzefarbenen Teint, den dichten
dunklen Haaren, den roten Lippen ihr so sehr gleichst.«
Leon geht mit Manuel ins Schlafzimmer, um Tina zu
danken – sie aber ist vor Erschöpfung tief eingeschlafen.
Er legt sich an ihre Seite, das Kind in seinen Armen.
Gleichmäßig und sanft fällt draußen der Januarregen
auf das stille Land.

»Leon, Senhor Leon, die Reben werden grau!« Aufgeregt
kommen die Arbeiter aus den Weinbergen zur Quinta
gelaufen.
›Nun ist der Mehltau also auch in meinen Gärten angekommen‹, denkt Leon.
Im vergangenen Jahr, im Frühsommer, hörte er zum ersten Mal vom Ausbruch der Krankheit an den Weinstöcken im Süden Madeiras. Befallen, so erzählte man
damals, seien aber nur die Weinpflanzen bei Funchal
und östlich davon bei Machico. Doch der Pilz breitete sich
rasch aus und ist in diesem Jahr auf der ganzen Insel
entdeckt worden. Im Norden anfänglich nur vereinzelt,
nun bleibt wohl auch hier kein Weingarten mehr ver-
schont – auch Leons Besitz nicht. Der warme Sommer-
wind hat die Sporen zu allen Reben getragen.
Grauweiß überzogen sind Blätter und halb gewachsene

Beeren – überzogen von einer fest anhaftenden mehligen Schicht, die das Leben, das weitere Wachstum der Beerenhaut darunter verhindert, während das Beereninnere weiterwächst. Schließlich platzt die Beere auf, und die Samen werden sichtbar. Feuchtes Wetter begünstigt die Fäulnisbildung, und der Saft aus den befallenen Trauben schmeckt nach Schimmel.

Nichts kann helfen, es gibt kein wirksames Gegenmittel – auch nicht die Bittmessen in den Kirchen und die Gebete aller, der Gläubigen und der Ungläubigen.

Es ist keine fröhliche Weinlese in diesem Jahr. Nur an ganz wenigen Plätzen gediehen ein paar Trauben und kamen gesund zur Reife, vorwiegend im Süden. Die Reben im Norden erkrankten alle.

Es wird kaum Wein geben, kaum wird gekeltert, und im Norden bleiben die Fässer leer.

Es bleibt das Hoffen. Hoffen auf gesunden Austrieb, auf Fruchtansatz und Reifung im nächsten Jahr. Und eine traurige Arbeit: Die Trauben müssen sorgfältig von den Rebstöcken abgeschnitten, aus den Weingärten entfernt und verbrannt werden. Überall brennen nun Feuer – tagsüber und in den Nächten, viele Menschen weinen. Das Ausmaß der Zerstörung jedoch ist nicht vorhersehbar.

»Es sollte ein Glücksjahr sein, Leon, weil uns unser Kind zu Anfang des Jahres geschenkt wurde. – Ich habe Angst um Manuel. Welch ein Schicksal erwartet unseren Sohn?«

Leons Gesicht wirkt verschlossen, seine Augen starren ins Leere.

»Wie kam der Mehltau auf unsere schöne gesunde Insel, Leon?«

»Ein Schiff aus Frankreich, so sagt man, hat den Pilz im vergangenen Jahr, im Februar wohl, mit einem Sortiment französischer Reben hierher gebracht.«

Später verlässt Leon das Haus mit den Worten: »Ich will mich mit den anderen Weinbauern besprechen, was wir gemeinsam für die Zukunft unternehmen können, um einer erneuten Katastrophe wie dieser nicht mehr hilflos gegenüberzustehen. Es wird spät werden, warte nicht auf mich, Tina. Morgen früh reite ich zu Henry Williams, vielleicht weiß er ja auch schon mehr über diese vernichtende Krankheit.«

Tina findet keine Ruhe. Als Leon gegen Mitternacht nach Hause kommt, sitzt sie im dunklen Schlafzimmer am offenen Fenster und starrt hinaus aufs Meer.

»Leon, können wir und alle stets treu für uns arbeitenden Leute, für die wir Sorge tragen, dieses Jahr, bis wieder neuer Wein kommt, überstehen – ohne … zu hungern? Und kannst Du sie in unseren Diensten behalten, auch wenn es jetzt nicht genügend Arbeit für alle gibt?«

»Wir haben noch einiges an guten Weinen in unseren Kellern lagern. Einen größeren Teil davon werden wir nun eben eher verkaufen. Wir brauchen nicht große Not zu leiden – wir nicht, und die unsrigen nicht. Nur ein klein wenig sollten wir uns einschränken. Und niemand wird fortgeschickt, sie dürfen bleiben.«

»Aber Du wolltest doch den 1844er Jahrgang mindestens zwölf oder fünfzehn Jahre – oder sogar noch länger – aufbewahren, wenn es sich herausstellen sollte, dass er immer noch besser und edler wird. Und er ist doch Deine ganz besondere Liebe.«

»Den 44er brauchen wir nicht zu verkaufen, es hat noch genügend andere. Lass uns nun schlafen, Tina, ich muss morgen sehr früh aufbrechen nach Sao Jorge.«

1856

Grell scheint die Februarsonne auf Madeira.
Der alte Fischer in Arco de Sao Jorge sitzt auf dem Holz-
bänkchen am Eingang seines Hauses und spricht mit
seinem Hund.
»Das Licht gefällt mir nicht – die Sonne ist zu weiß. Es
wird nichts Gutes kommen in diesem Jahr. – Was meinst
Du dazu, mein alter Kamerad?«
Der Fischer krault dem Hund das Fell.
»Nun sag, was ist Deine Meinung, werden genug Fische
in den Netzen sein? Und werden die Walfänger Glück
haben bei ihrer gefahrvollen Jagd? – Und die Weinbauern? Wird es Trauben geben? Und Wein in ihren Fässern?«
Der Hund schüttelt sich, legt sich dann quer über die
Füße seines Herrn und schließt die Augen.
»Ja, ja, verschließ nur die Augen, mein Freund – aber ich
sag Dir, es wird Unheil kommen, die Sonne kündigt
davon.«

Der Hunger hat die Bevölkerung geschwächt.
Vom Schiff, das am Nachmittag aus London eintraf und
nun im Hafen von Funchal ankert, schleppt sich ein
Reisender zum Gasthaus am ehemaligen Sklavenmarkt.
Ihm ist elend, und ständig kämpft er gegen die aufstei-
gende Übelkeit an. Die Überfahrt war stürmisch. Der
Schoner stampfte durch die Wellen, der Reisende ist seekrank, so denkt er. Er mietet sich im Gasthof ein, bezieht
seine Zimmer und legt sich ins Bett. Er muss sich erbrechen, stürzt zur Waschschüssel, nimmt die Schüssel
samt Erbrochenem mit ans Bett. Es wird wohl noch mehr
kommen, vermutet er. Dann muss er eiligst aufs Klosett.
Das befindet sich am anderen Ende des Flurs. Er
schwankt den Gang entlang, hat endlich den Ort erreicht

und kaum dass er sich setzt, entleert er sich schon. Er hat Durchfall. Er will wieder zurück in sein Zimmer gehen, weil er spürt, dass er sich weiter übergeben muss, aber da ist der Darm, der ihn zum Bleiben zwingt. Es ist ein Teufelskreis, und ihm wird immer elender. Er schafft es noch, irgendwie ins Schlafzimmer zu gelangen und ins Bett zu fallen, bevor er für kurze Zeit die Sinne verliert. Die Gastwirtin hört ihn in den frühen Morgenstunden rumoren, hört, wie etwas auf den Boden fällt. Sie eilt an die Zimmertüre, klopft, bekommt aber keine Antwort, ruft, nichts rührt sich. Sie öffnet vorsichtig einen Spalt breit die Türe, nichts zu sehen, da fasst sie sich kurzerhand ein Herz und tritt ein. Auf dem Fußboden liegt in Scherben und Erbrochenem ihr englischer Gast. Ein widerlicher Gestank macht sich breit. Sie sieht, dass der Engländer in großen Schwierigkeiten zu stecken scheint, auch mit dem Darm scheint es ein heftigeres Problem zu geben.
»Soll ich einen Arzt rufen?«, fragt sie.
Der Kranke nickt schwach mit dem Kopf.
Die Wirtin schickt nach dem Arzt.
Der Doktor ist ausnehmend schnell zur Stelle. Er hat sich nur rasch Hose und Weste übers Nachthemd gestreift und ist losgeeilt.
›Wenn sich das, was ich vermute, bestätigt, dann steh Gott uns bei. – Der Patient sei gestern Nachmittag, direkt aus London kommend, hier eingetroffen, sagte der Bote. – Und in London ist erneut wieder eine Choleraepidemie ausgebrochen‹.
Doktor Luis untersucht den Kranken.
Er hat keine Zweifel, es ist die Cholera, der Engländer zeigt alle Symptome – er hat einen Mangel an Flüssigkeit, Untertemperatur und einen auffälligen Gesichtsausdruck mit spitzer Nase, eingefallenen Wangen und stehenden Hautfalten. Das letzte Stadium wird bald erreicht sein, die Sommerhitze wird ihren Teil dazu bei-

tragen – Fieber wird auftreten, Benommenheit, Verwirrtheit, Hautausschlag, Koma – Exitus.

Die Cholera hält in den nächsten Monaten in jedem Hause Einzug. Jede Familie beklagt Tode. Siebentausend Menschen auf Madeira fallen der Seuche zum Opfer, die durch das mit Choleraerregern verunreinigte Trinkwasser, auch durch die Verseuchung der Flüsse und des Meeres rund um die Insel, wo hinein die Fäkalien abgeleitet und wo sie von den Schalentieren, Fischen und anderen Nahrungsmitteln aus Meer und Flüssen aufgenommen werden, verursacht wird – aber dies wissen die Inselbewohner zu diesem Zeitpunkt noch nicht. – 1854 entdeckte der Londoner Arzt John Snow die Herkunft der Cholera. Er führte sie auf verseuchtes Trinkwasser zurück, nicht auf die stinkenden Dünste Londons, wie allgemein angenommen wurde. Er widerlegte diesen Irrglauben, doch seine Theorien wurden bis nach seinem Tod nicht ernst genommen. John Snow wurde selbst zur tragischen Figur dieser Epidemie in London.

Die Angst geht um vor der schrecklichen Krankheit und dem Tod.

»Ich weiß nicht, wie wir uns schützen können«, sagt Leon zu Tina. »Vielleicht wäre es gut, nicht mehr unter die Leute zu gehen.«
»Ja. – Und vielleicht sollten wir sonntags auch nicht mehr in die Kirche gehen und allen Leuten nach der Heiligen Messe die Hände schütteln. Beten können wir zu Hause. – Beten kann man überall. – Gott hört uns, egal wo wir sind.«
»Aber es ist eine große Sünde, sonntags nicht am Gottesdienst teilzunehmen, Tina.«
»Das sagt Pater Joao. Aber was sagt Gott?«

»Großmutter Ana ist gekommen«, jubelt der kleine Manuel. – Ana kommt oft, fast täglich, um nach ihrem Enkel zu sehen; sonntags bleibt sie vom Mittagessen bis abends und spielt mit dem Kind, worauf sie sich genauso sehr freut wie Manuel. – Leon nimmt ihr den wollenen Umhang ab.

»Es ist kalt geworden«, klagt sie. »Mitte Oktober, noch nicht Winter, und ich musste heute schon den warmen Umhang aus dem Schrank holen.«

»Du siehst nicht gut aus, Schwiegermama.«

»Ich bin nur müde. Ich habe schlecht geschlafen und dumme Träume gehabt.«

»Hallo Mutter«, grüßt Tina – und erschrickt über Anas blasses Gesicht. »Du hast Schreckliches gesehen im Traum, nicht wahr?«

Ana nickt.

Sie sitzen zu Tisch, und Tina teilt die Suppe aus. Ana hat keinen rechten Appetit. Sie legt den Löffel gleich wieder beiseite. »Gib mir nachher ein wenig vom Fisch.«

Auch den Fisch rührt sie kaum an.

Nach dem Essen geht Ana mit Manuel spielen auf die Terrasse.

»Etwas stimmt nicht mit ihr, Leon«, meint Tina. »Auch wenn sie schon böse Träume hatte früher, so hat sie doch wenigstens immer gut gegessen.«

»Großmutter, warum fängst Du nicht den Ball? – Bleib doch bitte nicht sitzen, so können wir nicht spielen!«

Leon hört Manuels vorwurfsvolle Worte.

»Tina, schau mal nach Deiner Mutter. Ich fürchte, ihr geht es schlecht – Manuel schimpft mit ihr.«

Tina eilt auf die Terrasse. Kreidebleich sieht Ana sie an.

»Kind, kannst Du mich nach Hause bringen?«

»Nein, Mutter, es ist besser, Du bleibst hier. Oben, das schöne große Gästezimmer – dort legst Du Dich ins Bett – es wird Dir sicher in ein paar Stunden wieder besser gehen.«

Ana sträubt sich nicht, als Tina sie entkleidet und ihr ein Nachthemd überstreift. Dann muss sie sich erbrechen. »Es ist die Cholera, Leon, die Mutter hat.«

Ana wird beigesetzt an dem Tage, als Manuel sich am frühen Morgen in seinem Kinderbett erbricht. Kurze Zeit danach kommt ein heftiger Durchfall hinzu, und am Nachmittag läuft ihm der Stuhl, gelbes Wasser, aus dem Darm ins Bett. Binnen weniger Stunden ist der Wasserverlust so hoch, dass das Kind am späten Abend in Bewusstlosigkeit fällt. Gegen fünf Uhr früh am anderen Morgen erwacht er. »Siehst Du das schöne Licht, Mama?«, sind seine letzten Worte.

Nach der Beisetzung Manuels geht Leon, ohne ein Wort zu sagen, hinauf in den alten Weinberg. Dort setzt er sich auf die bloße Erde. – Lichter geworden sind hier die Reihen der Rebstöcke. Das einstmals so dicht geschlossene Rebendach zeigt Lücken, seit der Mehltau nun schon mehrere Jahre darübergegangen ist.
Der Schmerz um sein Kind schüttelt Leon, bis er anfängt, laut zu weinen, hemmungslos. »Ist es das, was Du auch noch von Madeira wolltest? Die Gesundheit und das Leben vieler Weinstöcke war Dir wohl nicht genug? Jetzt nimmst Du das Leben der Menschen – und mir das Leben meines Sohnes!«, brüllt er gen Himmel.

Tina hat die Sprache verloren – kaum dass sie mehr ein Wort zu irgendjemand sagt. Zärtlichkeiten Leons geht sie aus dem Wege. Nach körperlicher Liebe hat sie kein Verlangen mehr. Mit dem Tod ihres Sohnes ist auch sie gestorben.

1857

Ein Jahr ist es, seit Ana und Manuel gegangen sind. Eine tiefe Leere ist eingekehrt, von der Tina früher nie wusste.

In der Abendstille sieht sie hinaus aufs Meer, sieht die Wolken sich in der sanften See widerspiegeln – in ihrem Herzen aber spiegeln sich die Worte wider, und die großen fragenden Augen ihres Sohnes, mit denen er sie ansah, bevor er starb. »Mama, siehst Du das schöne Licht?«

1858

Tina zieht die schweren Gardinen zurück und blickt durch die geschlossenen Fenster hinaus.
›Der Wein blüht. – Ob es wohl eine gute Ernte geben wird in diesem Jahr?‹ So sehr wünscht sie es für Leon, der seit dem Tod von Manuel nichts anderes mehr als diese Weinstöcke kennt, sich um die Reben kümmert, als wären es seine Kinder, und Angst hat, auch sie so wie seinen Sohn zu verlieren. Die Furcht einer Wiederkehr der Weinplage sitzt tief in allen Menschen auf Madeira.
Sie öffnet die hohen Fenster im Schlafzimmer, beugt sich dann weit hinaus. Tief atmet sie die laue Spätnachmittagsluft ein. Sie schaut Leon zu, wie er arbeitet im Garten, eine Mauer baut, die den Bananenhain abtrennen soll vom Weinberg. Sie sieht seinen nackten Oberkörper. Die Rückenmuskeln, wie sich spannen und lockern, wieder spannen und wieder lockern. Sieht seine starken Arme. Seine Hüften. Seine Schenkel, die sich prall durch das Tuch der Arbeitshose abzeichnen. Und Tina fühlt die Begierde in sich erwachen – brennend

heiß, nach Erfüllung verlangend, pulsiert das Blut in ihrer Scham. Zum ersten Mal wieder seit dem Tod ihres Kindes hat sie Verlangen nach körperlicher Liebe, ein schier unbändiges Sehnen, Leon in sich zu spüren.

Tina rennt die Treppen hinunter ins Erdgeschoss, durch die Eingangshalle hindurch, hinaus auf die Terrasse, in den Weingarten zu Leon.

Atemlos stammelt sie: »Liebe mich, Leon, liebe mich, jetzt, hier, auf der Erde, unter den Weinstöcken.«

Dunkel und kühl ist es geworden im Weinberg, als Leon und Tina sich erheben und zum Haus gehen. – Und Tina weiß, sie hat ein Kind empfangen.

»Wir werden eine Tochter haben, Leon.«

1859

Ein warmes, mildes Licht wirft die frühe Märzsonne am Mittag auf Arco de Sao Jorge.

Der alte Fischer sitzt auf der Bank vor dem Haus und spricht mit seinem Hund, seinem treuen Weggefährten, der unsichtbar immer noch an seiner Seite weilt. Der Alte hat den Tod des struppigen Freundes nie wirklich begriffen; auch heute, zwei Jahre, nachdem seine Tochter das verendete Tier begraben hat, unterhält er sich mit ihm wie eh und je über dies und das, und krault dabei sein Fell.

»Ja, Kamerad, dies ist wohl der letzte Frühling, den wir beide hier in der Sonne erleben. Der nächste wird kühl und dunkel sein dort unter der Erde. – Was meinst Du?«

Ein tiefer langer Seufzer, ein langer Atemzug und er fährt fort: »Ja, Kamerad, es mag ein gutes Jahr werden – auch gut zum Sterben. Und gut zum Gebären.«

Der Alte steht mühsam auf, nimmt seinen Stock fest in

die linke Hand, zeigt mit der rechten nach Osten: »Schau, Kamerad, wie die Sonne auf Leons Wein und in die Fenster seiner Quinta scheint. Tina wird heute eine Tochter zur Welt bringen.«

Der alte Fischer geht ins Haus. Eine kleine Weile will er sich hinlegen.

1860

»Sieh doch, Leon! Sieh nur, sie läuft!« Tina traut ihren Augen nicht.

»Komm zu mir, Leontina, komm her zu Mama.« Tina breitet die Arme aus und beugt sich vor, um Leontina aufzufangen, doch nach drei wagemutigen, taumelnden Schrittchen setzt sich die Kleine lieber wieder auf den Fußboden.

»Leontina, komm zu Papa, komm!«

Madeiras schlimme Zeit scheint vorüber. In kleinen Schritten fassen die Menschen Hoffnung, vorsichtig tasten sie sich an das Glück heran, an ihre naturgegebene stille Zufriedenheit. Männer spielen wieder die alten Weisen auf der Ziehharmonika auf den Dorfplätzen am Abend vor den Häusern, am Sonntag. Sie singen dazu, und die Frauen tanzen bisweilen in ihrer Mitte.

Sie können sich satt essen. Die Fischer fahren aufs Meer und kommen öfter mit vollen Netzen zurück als mit leeren. In den Weinbergen wachsen gesunde Reben, die gute Trauben tragen, und die Weinfässer füllen sich. Gemüse, Obst, Kartoffeln, Getreide, Flachs, alles gedeiht in den Gärten.

Leon hat seinen Frieden mit Gott geschlossen.

»Komm zu Papa, Leontina, komm! Schau, was ich hier habe. Das ist ein Ball. Willst Du ihn?«

Leon lässt den kleinen roten Stoffball vor seinen Füßen auf und nieder hüpfen. Leontina krabbelt auf ihn zu. »Pa-pa«, sagt sie und strahlt ihren Vater an.

Leontina

Er ist der Mittelpunkt in Leontinas Welt, ihr Vater Leon. Stets ist sie bei ihm zu finden. Mit vier Jahren läuft sie ihm in die Weinberge hinterher, wenn er, bevor sie wach war, schon in die Gärten gegangen ist. Sie setzt sich in seiner Nähe auf den Boden, gräbt die Füße in die Erde ein und erzählt ihm dies und das.

›Wie Tina, als sie noch Kind war und zu mir kam, um mich bei meiner Arbeit zu beobachten‹, denkt Leon.

Wissbegierig ist sie auch, stellt viele Fragen, wenn Tina ihr aus den wenigen Kinderbüchern, die sie besitzt, vorliest. Daher beschließt Tina, als ihre Tochter sechs Jahre alt ist, ihr aus dem ersten Buch, das Sarah Williams ihr schenkte, als sie lesen gelernt hatte, aus ›Die Reisen des Marco Polo‹ vorzulesen – anfänglich nur einzelne Passagen, kreuz und quer, bis Leontina zornig sich beschwert: »Das ganze Buch sollst Du mich wissen lassen, nicht nur was Dir gefällt. Du sollst vom Anfang bis zum Ende lesen.«

Tina begreift, dass es nun an der Zeit ist, ihrer Tochter Lesen und Schreiben beizubringen.

1866

Gesund und kräftig treiben im März die Rebstöcke aus. Kein Mehltau ist bislang zu finden. Die Weinbauern atmen erleichtert auf. Gespannt erwarten sie nun auch noch den Austrieb und die Blüte der im letzten Jahr vielerorts neu hinzugepflanzten Rebsorte ›Isabella‹, die resistent gegen Mehltau sein soll. Im hoffnungslosen Kampf gegen den Pilz hatten sie sich entschlossen, diese neue Rebsorte anzubauen.

»Ja, ganz bestimmt, sicher, sie wird sich gut entwickeln hier auf der Insel.« – »Die Experten haben sie uns bestens empfohlen.« – »Einen guten Wein werden wir aus ihrem Saft machen.« So sprechen die einen, um sich gegenseitig ihre eventuellen Zweifel zu nehmen. »Ja, ja. – Wer weiß, wer weiß.« So zweifeln die anderen.

1868

An einzelnen der alten Reben und an mehreren der neuen Sorte findet man müdes und schlapp herabhängendes Blattwerk.

»Es ist der trockene Boden«, so sagen die Bauern, »es regnet viel zu wenig, die künstliche Bewässerung aus den Kanälen reicht nicht aus. Levada-Wasser ist gut und hilfreich, doch es ersetzt nicht die Frühjahrsregen.«

Anfang Juni werden die ersten Rebläuse an den Blättern der Reben in den Weinbergen bei Funchal entdeckt. Immer mehr Weinstöcke lassen müde und erschöpft ihre Triebe hängen. Eine Tod bringende Katastrophe nimmt ihren Lauf – die Rebläuse saugen nicht nur den Saft aus den grünen Blättern – die Rebläuse sind auch tief in der Erde an den Wurzeln der Rebstöcke und entziehen dort der Pflanze alle Kraft. Viele der einstmals so kräftigen Weinstöcke erkranken schwer. Für die Isabella-Traube, mit welcher die Rebläuse nach Madeira kamen, ist es bald das Aus.

Die alten Reben tragen nur wenige Trauben, aus denen kein guter Wein gemacht werden kann. Jahrelang leiden sie vor sich hin, viele sterben ab. Und es ist kein Trost für die Madeirenser, dass die Rebläuse in ganz Europa den Wein attackieren und zerstören.

Die jüngeren und jungen Madeirenser verlassen ihre Insel. Sie wandern aus nach Amerika, nach Chile, nach Brasilien, in alle Welt. Sie suchen ihr Glück anderswo, nur nicht mehr in der Heimat. – Und der Hunger greift um sich und eine große Not.

Da wäre das Zuckerrohr, das hier überall in Hülle und Fülle wuchs. Die alten Zuckerrohrmühlen stehen teilweise noch. – Der Zucker, der in die ganze Welt geliefert wurde, der Madeira einst Wohlstand brachte bis zu dem Tage, als aus Brasilien, als aus Südamerika der Rohrzucker in alle Welt ging – zu Preisen, mit denen Madeira nicht mehr mithalten konnte. »Vom Zuckerrohr können wir auch nicht mehr leben.«

1871

»So geht es nicht mehr, Leon. Sie wächst mir über den Kopf. Auch hat sie zu viele Fragen, die ich ihr nicht beantworten kann. Leontina sollte auf eine richtige Schule gehen. Vielleicht in eines dieser Mädchenpensionate bei Lissabon. Was denkst Du? Sie ist nicht mehr zu jung. Oder? Sie wird bald zwölf.«

»Sie ist noch ein Kind, Tina. Wir sollten sie nicht so weit von uns wegschicken. Ein Mädchenpensionat! Und was wird sie dort lernen? Bestimmt nicht Vieles, was sie hier einmal brauchen kann. Ich werde Leontina unterrichten, all die Dinge ihr sagen und zeigen, auf die es ankommt, wenn sie ins Weingeschäft einsteigt.«

»Ins Weingeschäft! Du meine Güte! Aber Du willst ja nur Deinen Augapfel bei Dir behalten – sterben würdest Du, wäre sie fort von Dir, ich weiß, ich kenne Deine Hintergedanken.« Amüsiert, und auch ein wenig ärgerlich blickt Tina ihren Leon an, sagt: »Könnten wir dann wenigstens einen Hauslehrer für Leontina zu uns holen? – Sarah Williams wäre sicher gerne behilflich, einen passenden gebildeten jungen Mann zu finden.«

»Aha, Sarah Williams also steckt dahinter, das dachte ich mir gleich. Und auch noch einen jungen Mann!«

»Nun, es könnte auch ein schon etwas älteres Mädchen sein, das als Hauslehrerin zu uns käme. Sie würde uns dann wohl alle erziehen wollen.«

»Gut«, seufzt Leon, »Du hast mich mal wieder außer Gefecht gesetzt mit Deiner Überzeugungskraft. – Schreib an Sarah, sie soll uns einen Hauslehrer finden.«

Senhor Afonso, der ›mittelmäßige Hauslehrer‹, wie ihn Leon tituliert – mittleren Alters, mittleren Wissens, mittleren Auftretens, mittleren Durchsetzungsvermögens gegenüber Leontina, Senhor Afonso bleibt ein Jahr und acht Monate.

»Ich will einfach viel mehr wissen über Vieles – aber frage ich Senhor Afonso, dann schaut er verunsichert drein und muss in seinen Büchern nachschlagen!« Leontina schimpft laut bei ihrem Vater.

Der ›mittelmäßige Hauslehrer‹ verlässt die Quinta ohne Murren – dieses junge Mädchen war ihm zu anstrengend.

Leontinas Verlangen nach ›mehr zu erfahren über die Welt und ihre Einzelteile‹, wie sie es ihren Eltern gegenüber bezeichnete, führt zu einem Gespräch zwischen Leon und Sarah in Manorhouse Quinta. Sarah überzeugt Leon, seine Tochter nach Lissabon ins Pensionat zu schicken.

»Nur für zwei, drei Jahre, Leon. Und sie kommt ja in den Sommerferien und zu Weihnachten immer nach Hause – zu Ihnen. Ich weiß, wie dankbar Sie Gott sind, dass er Ihnen Leontina geschenkt hat. Ich weiß auch, wie sehr

Sie sie lieben – und gerade deshalb dürfen Sie ihr nicht vorenthalten, was sie so sehr braucht: lernen dürfen und Wissen. – Gott hat diesem Menschenkind die Neugierde, das Wissenwollen, in sein Leben gegeben, nicht damit es brachliegen bleibt, sondern damit es etwas daraus macht.«

Leon bringt seine Tochter nach Lissabon. Niemand anderem hätte er die Vierzehnjährige anvertraut. Außer Tina. Die aber sagte: »Nein, Leon, bring Du nur Leontina ins Pensionat. Vielleicht würde ich seekrank werden unterwegs auf dem Schiff. Oder mich gar in der großen Stadt verlaufen.« Aber sie wusste, sie würde niemals seekrank werden – wie oft war sie draußen auf dem Meer gewesen mit den Fischern, auch bei hohem Wellengang, wenn das kleine Fischerboot nur noch so auf den Wellen tanzte, vom Wellenkamm ins Tal hinabstürzte, fünf, sechs Meter tief, dabei fast vom mächtigen Wasser überrollt wurde und dann hinaufjagte auf den schäumenden Kamm. – Und verlaufen würde sie sich auch nicht. Doch Leon sollte ein paar Tage alleine mit Leontina haben. Und noch ein paar Tage ganz für sich auf dem Schiff zurück nach Madeira.

Leon also bringt das Mädchen in die Schule nach Lissabon. Er wird rechtzeitig zur Weinlese wieder in Arco sein. Vielversprechend hängen in diesem Herbst die Trauben an den Rebstöcken. Der 1873 Jahrgang könnte endlich einmal wieder, nach vielen mittelmäßigen oder gar schlechten Weinen, ein besonderer Jahrgang werden.

1889

Ungewöhnlich warm und schwül waren die vergangenen Tage, und nun verabschiedet sich der April mit einem gewaltigen Gewittersturm von Madeira. Aufgewühlt brodelt das Meer. Riesige Wellen zerbersten an den Steilklippen. Brecher donnern auf die Insel zu, als ob sie diese mit einem Schlag wegfegen wollten. Sturmböen zerzausen den Lorbeerwald. Blitze zucken am Himmel. Die ganze Nacht hindurch wüten die Elemente. Am Morgen legt sich der Spuk und eine freundliche Sonne lächelt mild auf die verschreckten Madeirenser nieder.

Süß klingt Leon der Gesang seiner Enkeltochter in den Ohren. Er beobachtet die Vierjährige bei ihrem Spiel auf der Terrasse. Hingebungsvoll tanzt sie zu ihren traurigen, fröhlichen, auch wilden Gesängen – eigenwillige Melodien ersinnt sich das Kind. Sie dreht sich, biegt sich, windet sich, hüpft mit nach oben gestreckten Armen in den Himmel, um plötzlich innezuhalten, stehen zu bleiben, den Kopf zu schütteln und laut und bestimmt zu sich selbst zu sagen: »Nein, so geht es nicht.« Sie streicht energisch ein paar ihrer roten Locken aus der Stirn, beginnt eine ganz andere Melodie zu summen und klatscht mit den Händen den Takt dazu.
›Das hat sie von ihrem Vater – die helle Haut, die blauen Augen und den roten Lockenschopf. Auch die Musik trägt sie in sich wie er‹, denkt Leon. Er mag seinen Schwiegersohn Peter Douglas, dessen musisches Wesen, seine feinfühlige Art, die feingliedrigen Hände, wenn er am Flügel sitzt und spielt. ›Meine Leontina hat die richtige Wahl getroffen, als sie ihm, gerade zwanzigjährig, so überraschend schnell ihr Jawort gab, damals vor zehn Jahren beim Gartenfest des Williams-Clans. Es ist gut so, dass auch die Muse in unsere Familie kam und wir

nicht bloße Weinbauern blieben, sondern noch andere Interessen – Schönes und gleichfalls Wichtiges – ihren Platz bekamen unter uns. Ja, das hat sie gut gemacht, meine Tochter.‹ – Peter Douglas, der Großneffe von Sarah Williams, war mit seinem Vater nach Madeira gekommen zum Gartenfest in Manorhouse Quinta, das gleichzeitig ein Zusammentreffen aller Angehörigen aus Sarahs wie aus Henrys Familie war. Aus allen Teilen der Welt kamen sie angereist, folgten der Einladung ins Herrenhaus auf der schönen Insel im Atlantik. Zudem war es Henrys Wunsch gewesen, dass ein geschäftlicher Gedankenaustausch unter seinen weitverzweigten Weinhändlern stattfindet. »Nur so«, sagte er in seiner Begrüßungsrede, »bleiben wir interessiert, offen für Neuerungen und erfolgreich in unseren Geschäften.« Auch Peters Vater ist in den Weinhandel der Williams' eingebunden, er lenkt dessen Geschicke im fernen Boston. Es war Liebe auf den ersten Blick bei Peter und Leontina, und sie schlug ein wie ein Blitz. Sie hatten keine Augen mehr für andere Dinge an diesem Nachmittag auf dem Fest. Am Abend, nach dem Dinner, forderte Peter dieses Mädchen mit den dunklen Samtaugen zum Tanz auf. Sie tanzten und ließen sich nicht mehr los. Am anderen Morgen, noch vor dem Frühstück, bat er sie, seine Frau zu werden. »Ja«, sagte Leontina, bevor Peter noch seine Worte zu Ende sprechen konnte. – Süß klingen Leontina-Marias Melodien in Leons Ohren.

»Machen wir einen Spaziergang durch die Weinberge, meine kleine Tänzerin? Magst Du Deinem Großvater helfen, nach dem Wein zu sehen?«

Das Kind antwortet ihm, doch Leon vermag die Worte nicht mehr zu verstehen – ein heftiger Schmerz in der Brust wirft ihn zu Boden.

Er wird in der Familiengruft beigesetzt, die Tina und er haben errichten lassen nach dem Tod ihres kleinen Sohnes Manuel.

Man bettet ihn Seite an Seite mit seinem Kind.

Der Friedhof von Arco de Sao Jorge ist zu klein, um alle, die Leon das letzte Geleit geben, aufnehmen zu können.

»Das Feuer in seinem Herzen war heruntergebrannt. Das Licht in seinen Augen war nicht mehr«, sagt Tina.

›Vermächtnis‹ schreibt Tina und setzt wohl die Worte aufs Papier, die ihren letzten Willen dokumentieren. Sie nimmt das Holzkästchen mit dem Schlüssel zum großen Portal von seinem angestammten Platz und ruft nach ihrer Tochter.

»Leontina, es ist Zeit, dass ich meinen Nachlass regle. Am Tage nach unserer Hochzeit schenkte mir Dein Vater diese kleine Schatulle. In ihr befindet sich der Schlüssel zum Portal von ›Tinas Haus‹. Du hast das Kästchen oft schon in Deinen Händen gehalten; als kleines Kind wolltest Du immer den großen Schlüssel darin sehen. Leon hat dies Kleinod mit all seiner Liebe für mich angefertigt, es beschriftet und bemalt – und er gab es mir mit den Worten: ›Es gehört Dir – für Dich hab ich's gemacht, Tina.‹ Ja, und so soll es auch in der Zukunft sein – für alle Tinas, alle Leontinas, die nach mir kommen, hat er es gemacht, ›Tinas Haus‹ ist ihr Erbe. Die Quinta soll immer in den Besitz der erstgeborenen Tochter übergehen nach dem Ableben der Mutter. Und diese Tochter wird Leontina heißen müssen in Erinnerung an Leon und Tina und an die Liebe der beiden, aus der dieses Haus gebaut wurde. Ich möchte, dass Du mich nun zu Pater Miguel begleitest, bei ihm will ich mein Testament hinterlegen. Wenn wir zurück sind, am Nachmittag, rufe mir Paulo, er muss mir eine Nische in die Mauer beim Portal machen. – Ach ja, und schicke nach dem Schmied, es braucht ein Gitter davor. Das Holzkästchen bekommt nun einen neuen Platz. Ich werde es in Leder einpacken, damit es vor Wetter geschützt sein wird. Dort in der Mauernische bleibt es für Euch alle.«

1891

»Schwiegermama! Schwiegermama! Tina! Wach auf! Wach auf! Deine Tochter liegt in den Wehen! Das Kind kommt! Leontina hat schon das Fruchtwasser verloren!« Völlig kopflos steht Peter Douglas an Tinas Bett. Der sonst so ruhige, gelassene Schwiegersohn, der niemals ein Zimmer, welches nicht auch das seine ist, betreten würde, ohne vorher angeklopft zu haben, steht nun tatsächlich in Tinas Schlafzimmer, mitten in der Nacht, die Hose nur notdürftig über sein Nachthemd gezogen, und ist ganz rot im Gesicht vor lauter Aufregung. »Es darf doch erst in sechs Wochen kommen – es ist doch noch gar nicht so weit!«
»Ruhig, ruhig, Peter. Es ist nicht das erste Kind, bei dem ich dabei bin, wenn es zur Welt kommen will. Geh und hole die Hebamme, ich bleibe bei Leontina.«
Tina kühlt ihrer Tochter die Stirn. Weckt die Küchenhilfe. Sagt dem jungen Mädchen, sie solle Wasser kochen. Holt saubere Tücher aus dem Wäscheschrank. Doch das kleine Menschenkind, das da auf die Welt kommen will, wartet nicht, bis alles bereit und die Hebamme gekommen ist, es zieht vor, alleine, ohne große Aufregung, seine Mutter zu begrüßen.

»Es ist ein Junge, Peter, den Leontina vor ein paar Minuten gebar. Mutter und Kind haben es wohl lieber gehabt, ohne Publikum diesen Moment miteinander zu erleben.«

»Du meinst, Leontina war ganz alleine, niemand war bei ihr, als das Kind kam?«

»So ist es.«

Peters Gesichtsfarbe wechselt plötzlich von hochrot auf kalkweiß. »Wie geht es Leontina? Ich muss sofort zu ihr.«

»Die Hebamme kümmert sich um sie. Und um Deinen Sohn. Da störst Du nur. Setz Dich hin, ich hole uns beiden einen Whiskey.«

»Du trinkst Whiskey? – Das hast Du doch noch nie getrunken!«

»Jetzt hab ich einen nötig.«

»John«, sagt Leontina. »John soll er heißen.«

»John? – Nach meinem Vater?«

»Nach Deinem Vater.«

Leontina mag Peters Vater. Seine offen, freundliche Art, seinen Humor, sein Augenzwinkern.

»Schreib ihm, ob er nicht nach Madeira kommen will zur Taufe seines Enkelsohns. Mama würde sich auch freuen.«

»John, Johnny, kleiner Bruder, schlaf doch nicht immer ein beim Trinken. So wirst Du nie groß. Ich will mit Dir tanzen können, all die Tänze, die ich mir schon für uns beide ausgedacht habe. Nun trink endlich und beeile Dich mit dem Wachsen. Ich vergesse wieder, was ich alles mit Dir spielen will, wenn Du so lange brauchst, um groß zu werden.«

Leontina-Maria streichelt das Köpfchen ihres Brüderchens. John ist ein zartes Kind. Sechs Wochen zu früh geboren, wog es nur knappe fünf Pfund. Sich satt zu trinken fällt ihm schwer, weil es schnell müde wird und an der Brust einschläft. Leontina stillt ihr Kind alle zwei, drei Stunden, auch die Nächte hindurch. John wacht nicht von alleine vor Hunger auf, nie weint er wie andere

Kinder, weil er trinken will, seine Mutter muss ihn immer wecken.

»Wir sollten eine Amme nehmen, Leontina, dann könntest Du Dich schonen. Du siehst nicht gut aus, bist blass und hast dunkle Ränder unter den Augen; schleppst Dich im Haus über die Treppen, durch die Zimmer, als ob Du steinalt wärst. Deine Haare hängen Dir kraftlos ins Gesicht. Peter würde nie ein Wort sagen, aber ich sehe in seinem Blick, dass er sich um Dich sehr sorgt. Sicher hat er auch Angst um seinen kleinen Sohn, aber wahrscheinlich mehr noch um Dich – Du bist sein Leben. Du bist die starke Frau an seiner Seite, die er braucht, damit er seiner Musik leben kann, seinen Empfindungen, seiner Sensibilität. Du bist das Papier, auf das er die Noten schreibt all der Melodien, die er in sich trägt. Die Tinte und die Feder sind wir – seine Kinder, das Haus, der Garten, auch ich. – Du musst für ihn gesund und schön bleiben und stark, denn sonst verliert er die Musik in seinem Herzen.« Tinas Worte sind klug und weise.
Leontina hat ihre eigene Vorstellung. »Was mache ich mit der Milch, wenn ich meinem Kind nicht mehr selbst die Brust geben soll? Und was macht mein Kind, wenn es den vertrauten Herzschlag nicht mehr hört, der es seit es zu leben begann begleitet hat?«
Sie spricht mit Peter – und nimmt ihm die Angst um sie und um das Kind.

Mehr als sechs Monate brauchte der kleine John, bis er auf dieser Welt Fuß fasste. Die meiste Zeit davon verschlief er. Es war schwierig, ihn trinken zu lassen, er war zu müde, um die Milch aus Leontinas Brust zu saugen. Langsam nur nahm er an Gewicht zu. Die Taufe aber wollte Leontina erst stattfinden lassen, wenn Johnny kräftig genug sein würde, um seinem Großvater John auf den Knien zu sitzen. John antwortete auf die Einladung seines Sohnes und seiner Schwiegertochter, dass er natürlich gerne ›extra‹ aus Boston anreisen wolle zum Fest seines Enkelsohns.

»Sie ist wie ihre Mutter – alles muss nach ihrem Kopf gehen.«»Schnell sollten sie das Kind taufen lassen, wo es doch so schwach sein soll. – Womöglich stirbt es noch ungetauft!«»Gütige Jungfrau!« Die gottesfürchtigen braven Frauen in Arco sind außer sich.

1894

»Johnny, kleiner Bruder, pass auf, ich will Dir einen neuen Tanz zeigen, aber erst sollst Du das Lied dazu lernen. Also das geht so …« – Leontina-Maria singt vor. Johnnys Augen kleben an ihren Lippen, seine große Schwester liebt er über alles.
Tina beobachtet ihre beiden Enkelkinder beim Spielen auf der Terrasse. ›Wie groß Johnny geworden ist‹, denkt sie. ›Gut, dass meine Tochter nicht auf mich hörte. Gut, dass sie alles für ihr Kind gab, und keine Amme genommen hat, wie ich es wollte. Vielleicht hätte Johnny nicht überlebt.‹
Leontina und Peter sind in den Weinkellern – eine größere Lieferung nach Boston zu Peters Vater John ist zusammenzustellen; eine angenehme Tätigkeit an einem angenehm kühlen Ort an diesem heißen Augustnachmittag.
Tina nimmt den Brief für Peter in Empfang, den ein Bote bringt.
»Aus Amerika?«, fragt sie überrascht, doch der Absender ist ihr unbekannt.

»Peter, ein Brief ist für Dich gekommen mit Sonder-
boten. Ich dachte, er ist wahrscheinlich sehr wichtig und
ich bringe ihn Dir gleich.«
Peter öffnet das Kuvert und liest.
»Mein Vater ist gestorben. – Ich werde nach Boston
reisen.«

John Douglas war nie krank. Er erzählte keinem, dass
sein Herz schon eine ganze Weile nicht mehr so richtig
wollte. Sein Tod kam für alle unerwartet. Er hinterlässt
Peter, seinem einzigen Erben, ein beträchtliches Vermögen. John hatte nicht wieder geheiratet nach dem Tod
von Mary, seiner jungen Frau, die bei der Geburt Peters
starb. John hat seinen Sohn alleine großgezogen.

1895

Seit Wochen schon regnet es nur noch. Ein nasskalter
Frühling lässt die Pfirsichbäume und die wenigen
Erdbeeren am Haus kaum Blüten treiben.
Peter geht in die oberen Weingärten, um nach dem Aus-
trieb der Reben dort zu sehen. Er bleibt stehen, und
blickt hinüber nach Porto Santo. Die Nachbarinsel im
Nordosten, 50 Kilometer von der Küste Madeiras entfernt, liegt verborgen hinter einem schmalen grell sil-
bern leuchtenden Sonnenband, das auf dem Meer
schwimmt. Auf Porto Santo scheint immer die Sonne.
›Christoph Kolumbus wohnte auf der kleinen Schwester
Madeiras einige Zeit, während der er seine Vorbereitun-
gen traf für die lange weite Reise zur Entdeckung eines
Seewegs nach Indien‹, denkt Peter. ›Er landete allerdings
mit seinen Schiffen auf der Bahama-Insel Guanahani,
am 12. Oktober 1492, die er dann in San Salvador umbe-

nannte. – Greueltaten und Gemetzel fanden so ihren Anfang in der *Neuen Welt*.‹

Tief in Gedanken versunken geht Peter weiter, ohne auf den Pfad, der aufgeweicht vom Regen und glitschig ist, zu achten. Er rutscht aus, versucht Halt zu finden, doch die rechte Schulter schmerzt, und er verfehlt den Griff nach einem der hohen Schilfrohre, die am Steilhang wuchern. Über die mit Moos bewachsenen Felsplatten gleitet er in die Tiefe, dem aufgewühlten Meer entgegen, über die Klippe.

Leontina findet Peters Jacke am frühen Abend neben dem Fußpfad, der hinunter zur Bootsanlegestelle führt. Die Spuren deuten darauf hin, dass Peter ein Unglück zugestoßen ist. Sie alarmiert die Leute, die Fischer in Arco, jedoch die Suche muss bald wieder abgebrochen werden, denn die Dunkelheit setzt ein, und die Flut steigt.

Peters Leichnam wird am anderen Morgen, eingeklemmt zwischen Lavagesteinsbrocken und von heftigen Wellen hin- und hergeworfen, gefunden.

Das Vermächtnis Peters, das er, ohne dass Leontina es wusste, schon kurze Zeit nach dem Ableben seines Vaters noch in Boston notariell hinterlegte, sieht vor, seine Frau Leontina, seine Tochter Leontina-Maria und sein Sohn John sollen zu gleichen Teilen erben. Vermögensverwalterin der Kinder soll, bis zu deren Eintritt ins Erwachsenenalter, Leontina sein.

Der Flügel in Peters Zimmer schweigt. Die Quinta, ›Tinas Haus‹, hört keine Melodien mehr. Leontina-Marias Tänze sind gestorben mit ihrem Vater.

1897

Leontina reist.
Sie wollten sie zusammen machen, diese Reise nach
London, Peter und Leontina. Vor zwei Jahren. In dem
Sommer als Peter zuvor im Frühling starb.
Leontina reist im Mai.
Sie bringt ihre Tochter nach Lissabon, in das Pensionat,
in dem auch sie einst ein paar Jahre war. Leontina-
Maria ist zwölf. Es ist an der Zeit, sie mehr lernen zu las-
sen, als die englische Gouvernante ihr beizubringen
fähig ist.

»Das ist eine gute Idee, von Lissabon aus gleich weiter-
zureisen«, sagte Tina. »Aber lasse Dir Zeit, die letzten
Jahre waren sehr schwer für Dich, es wird Dir gut tun,
ein wenig von der Welt zu sehen und Dich mit anderen
Menschen zu unterhalten. Peters Verwandtschaft in
London wird sich bestimmt freuen, Leontina, wenn Du
sie besuchst. Und mache Dir keine Gedanken um Johnny
und mich. Wir werden herrliche Wochen zusammen
haben, nur mein Enkelsohn und ich, nachdem die Gouvernante auch erst im Herbst wiederkommt. Vielleicht
zeige ich Johnny, wie man schreibt und liest, wenn er
mag.«

Leontina und ihre Tochter finden in Lissabon die ge-
meinsame Sprache wieder. Zuerst sind es nur Momente,
dann werden es Stunden, in denen sie sich den Schmerz,
den sie immer noch fühlen über Peters Tod, die Leere, die
an die Stelle des Vaters getreten ist, mitteilen.
»Du solltest Deine Tänze wieder aufnehmen, Leontina-
Maria. Der Flügel Deines Vaters wartet darauf, gespielt
zu werden. Morgen, bevor ich abreise, spreche ich mit
Senhora Santos, sie soll Dich in die Klasse für Musik und

Tanz geben. Und Du sollst noch zusätzlich Klavierunterricht bekommen.«

Das Dampfschiff verlässt den Hafen von Lissabon in Richtung England. Die schöne große Stadt verabschiedet sich von Leontina im Abendrot.

»Johnny, Du bist aber gewachsen in den zwei Monaten, in denen ich weg war!«
»Ich habe von Großmutter schreiben und lesen gelernt. Die Gouvernante brauchen wir nun nicht mehr. Ja, Mama?«
»Ach, Mutter, es war so aufregend! London ist eine herrliche Stadt. Die Metropole pulsiert und lebt; selbst in der Nacht. Bis früh am Morgen sind die Menschen unterwegs auf den Straßen, in den Restaurants, in Theatern. Manche Leute gehen von Vergnügungen erst nach Hause, wenn andere bereits schon wieder zur Arbeit gehen. Das Beste aber an London ist, dass ich dort nicht leben muss! Wie wunderschön und ruhig ist doch unser Madeira«, Leontina sprudeln nur so die Worte aus dem Mund.
Unmengen an Gepäck müssen die Träger vom Boot in die Quinta schleppen.
»Leontina, Tochter, was bringst Du uns denn da alles ins Haus?« Tinas Augen werden immer größer.
»Dies ist ein ›Photographischer Apparat‹, Mutter. Ich kann damit ›Photos‹ machen von allem, was mir gefällt, es muss nicht mehr nur allein im Kopf sein oder gezeichnet werden. Schau, hier ist die Familie Williams zu sehen und hier die Douglas-Familie. Das hier ist Max Williams mit seinem ›Automobil‹, einer Kutsche, die ohne Pferde sich fortbewegt, nur mit ›Benzin‹ in einem ›Tank‹. ›Benzin‹ ist eine Flüssigkeit, die explodieren kann, sie verbrennt im ›Motor‹, und der wird ganz heiß, und die Kutsche fährt. Dieses Monstrum stinkt und rußt

und ist laut und furchtbar schnell. Es gibt ganz viele davon in London. Max Williams hat mich in seinem ›Automobil‹ einige Male durch die Straßen ›chauffiert‹, das war lustig! Obwohl – mit der Pferdekutsche war es bedeutend schöner.«

›Was für fremde Worte sie gelernt hat‹, denkt Tina. ›Und was für Sachen.‹

»So, und nun werde ich ein ›Photo‹ von Dir, Mutter, zusammen mit Johnny draußen vor dem Haus machen. Streich Dir ein wenig die Haare aus dem Gesicht, mein Sohn, es wird ernst!«

Leontina baut einen Holzwürfel auf, groß wie ein Kinderkopf, mit Glasaugen und einem Schlitz. Er sitzt auf drei gespreizten dünnen Holzbeinen.

»Dies ist eine Zinnplatte, die schiebe ich jetzt in den Schlitz. Sie sieht, was ich sehe, und nimmt es auf, und ich kann von ihr anschließend das Bild, das ›Photo‹, herunterholen beim Entwickeln, einer Prozedur, die man in einem dunklen Raum machen muss. Nun nehme ich das schwarze Tuch hier, decke es über den Apparat und meinen Kopf und blicke in das kleine Loch des Apparats. So, und was sehe ich? Euch zwei mit großen Augen. Gleich gibt es einen kleinen Blitz, nicht erschrecken, das gehört dazu. Ja, um Himmelswillen! Was macht Ihr denn für merkwürdige Gesichter?«

»Nach dem Abendessen gibt es eine Überraschung, Johnny, und Du darfst heute länger aufbleiben, wenn Du magst. Ich gehe jetzt dazu hinüber in den Salon, ich muss etwas vorbereiten, Du kannst aber nicht mitkommen – und Du darfst auch nicht durchs Schlüsselloch gucken! Versprochen? – Sonst ist es nämlich keine ganze Überraschung mehr.«

Johnny nickt. »Versprochen, Mama.«

Leontina lächelt in sich hinein. Sie weiß, Johnny wird

sich, sowie sie die Salontüre hinter sich geschlossen hat, auf den Fußboden legen und durch den Schlitz unter der Türe blinzeln, weil er doch versprochen hat, ›nicht durchs Schlüsselloch‹ zu sehen.

»Ein Konzert? Ein richtiges, wunderschönes Konzert?« Tina kann nicht glauben, dass aus diesem Kasten mit Trichter, den ihre Tochter ›Grammophon‹ nennt, überhaupt etwas herauskommen kann.
»Nein, Mutter, die Musik ist auf dieser schwarzen Scheibe eingraviert. Ich lege jetzt die ›Schallplatte‹ auf den Plattenteller, ziehe den ›Federmotor‹ auf, indem ich an der Kurbel drehe, lege den ›Tonabnehmer‹, der unten eine Nadel hat, auf die Platte – und nun«, sagt Leontina feierlich, »nun ist Senhor Georg Friedrich Händel bei uns zu Gast.«
Die Musik ist verklungen, die Schallplatte abgespielt und Tina schweigt und hält die Augen geschlossen.
»Ist Dir nicht gut, Mutter?«, fragt Leontina nach einer Weile besorgt.
»Oh, Kind, mir war schon lange nicht mehr so gut wie heute Abend.«
»Wenn Du magst, spielen wir morgen abend wieder ein Konzert. Ich habe acht Schallplatten aus London mitgebracht. Händel, Beethoven, Mozart, was Du willst. Dies hier war Händels Feuerwerksmusik, seine Wassermusik habe ich auch – und die 9. Symphonie Beethovens.«
»Die ›Ode an die Freude‹, die Peter so oft für mich auf dem Flügel spielte?«
»Ja, Mutter, die ›Ode an die Freude‹.«
»Das ist gut, Tochter. Dein Vater liebte sie so sehr.«
Und Leontina weiß, warum ihre Mutter, als die Musik längst schon vorüber war, immer noch geschwiegen und die Augen geschlossen gehalten hatte. Sie war bei Leon.

1899

Immer öfter geht Tina in den Abendstunden in ihren kleinen Garten hinter dem Bananenhain. Sie schaut hinunter auf die Häuser von Arco, auf die Kirche und den Kirchplatz, der sich direkt vor der Mauer vor dem großen Portal zur Quinta, nur getrennt durch die schmale Straße, ausbreitet. Ein Stück entfernt davon, nicht weit, ist der kleine Friedhof, auf dem Manuel, ihr kleiner Sohn, und Leon, ihr Leben, auf sie warten. Sie nickt mit dem Kopf, lächelt und setzt sich auf die Bank unter den Pfirsichbäumen, die müden Füße gräbt sie in die Erde.

In diesem Sommer denkt sie oft an Leon, der sich vor nun zehn Jahren auf diesen Weg machte, den jeder Mensch für sich alleine gehen muss, Schritt für Schritt – auf diesen Weg, den sie nun gehen will. Die Sonne in diesem Sommer brennt zu heiß für ihr schwach gewordenes Herz. Die Beine tragen sie nur schwer die wenigen Stufen am Hang hinauf zu ihrem Lieblingsplatz, hierher unter die einstmals kleinen Pfirsichbäumchen, die Leon für sie gepflanzt hatte, als sie noch fast Kind war, und zu der kleinen Bank aus weißem Marmor, mit der er sie an ihrem fünfzigsten Geburtstag überraschte. Sie hört noch immer Leons Worte, die er hier oben zu ihr sagte an diesem Tag: ›Von hier siehst Du das Meer, den Himmel, unsere Weinberge, Dein Haus, ja Dein ganzes Leben – und Du siehst mich hier, findest mich immer hier, wenn ich einmal nicht mehr bei Dir sein werde.‹

Tina spricht mit Leon, als ob er neben ihr sitzen würde auf der von der Sommersonne erwärmten Marmorbank, erzählt ihm vom Alltag in der Quinta, von den Enkelkindern, von Freunden, vom Wein, von dem Buch, das sie gerade liest.

»Von Leontina-Maria, Deiner Enkeltochter, kam heute ein kurzer Brief, ich will ihn Dir vorlesen. Sie schreibt:

›Ich bin furchtbar aufgeregt. Die Königin kommt auf einen Besuch in unser Mädchenpensionat, und ich soll vor ihr tanzen, ganz alleine, ohne eines der anderen Mädchen! Einen eigenen Tanz, zu meiner eigenen Musik! Ich soll die Melodie selbst dazu singen. Senhora Santos hat es mir vor zwei Stunden mitgeteilt. Ich wollte Euch sofort schreiben, doch meine Hände zitterten so sehr, dass ich die Feder nicht halten konnte und die Tinte überallhin kleckste.‹ Leon, was für eine Freude hättest Du an ihr. – Und an Johnny, Deinem Enkel, den Du nie in Deinen Armen halten konntest. Unsere Tochter macht das wirklich gut mit ihren Kindern, sie ist eine starke Frau – Mutter und Vater zugleich. – Manchmal nur hat sie eine schwache Stunde. Sie geht dann in den Salon und hört Musik, und ich weiß, sie ist weit weg in ihren Gedanken und hört Peter auf dem Flügel spielen. Ach ...«, seufzt Tina.»Ihrer Großmutter, meiner Mutter, wird sie immer ähnlicher. Gestern besprach ich mit Leontina verschiedene geschäftliche Dinge, finanzielle Investitionen für die Zukunft, dabei kam sie so in Fahrt, legte sich so sehr ins Zeug und versuchte mich voll und ganz von ihrer Sache zu überzeugen, dass ich plötzlich meine Mutter, wie sie leibte und lebte, vor mir sah. Die Toleranz hat sie auch von ihr. Und das große mitfühlende Herz, die offenen Hände für alle, die in Not sind, für die Armen – auch für Tiere. Sie fragte mich neulich: ›Was kann ich tun, damit das Abschlachten der Wale ein Ende nimmt, und das Unglück, wenn ein Walfänger dabei zu Tode kommt, der Frau und kleine Kinder hinterlässt?‹ Weißt Du, Leon, sie war bei den Fischern, ihren Vettern, zu Besuch, und diese erzählten ihr, dass die Walfänger von Canical dieser Tage einen mächtigen Wal erlegen konnten. Die Beobachter auf dem Ausguckfelsen in Ponta do Sol hatten die Walherde gesichtet und mit Rauchsignalen das Auftauchen der großen Meeressäuger vor der

Küste weitergemeldet. Die Vettern kamen dabei auf die Gefahren zu sprechen, die draußen auf dem Meer auf die Fischer, und ganz besonders auf die Walfänger, die sich mit ihren kleinen offenen Booten bis ein paar wenige Meter an die Wale herantrauen, lauern. Wohl sprachen sie auch von dem Gräuel, von dem Leiden, und vom Weinen der Wale. Vielleicht wollten die Männer es Leontina nicht unbedingt ganz genau sagen – doch Du kennst ja Deine Tochter. Sie fragt und fragt und hakt so lange nach, bis sie alles weiß.«

Tina streicht sich eine Strähne aus der Stirn. Ihr ergrautes Haar schimmert rosa im Licht der untergehenden Sonne.

»Leon, ich bin sehr müde heute. Lass mich ein wenig die Augen schließen – später werde ich Dir mehr erzählen.«

Sie legt ein weißes Seidentuch über Kopf und Augen.

Als die Nacht anbricht, findet Leontina ihre Mutter, die mit einem Lächeln auf den Lippen unter den Pfirsichbäumen für immer zu ihrem Liebsten gegangen ist.

Der letzte Tag im alten Jahrhundert – nur noch Stunden, und das letzte Jahrhundert im alten Jahrtausend bricht an.

Leontinas Gedanken sind bei den Menschen, deren Leben und deren Tod im vergehenden Jahrhundert für immer ihr Zuhause behalten werden. Sie standen ihr nahe, schenkten ihr Worte und Wissen und Liebe. Und doch ist es ihr, als könne sie keinen von ihnen mitnehmen, hinein in das Neue, als wäre das Alte eine abgeschlossene eigene Welt. Als wäre das Neue ein gerader Weg hin zum Ende des Jahrtausends. Als wäre das neue Jahrtausend ein neues Universum.

Sie denkt an Leon, ihren Vater. An Tina, ihre Mutter. An Peter, der sie zur Frau machte.

Einmal, damals im Herbst 1882, einige Wochen nach dem Tod von Sarah und Henry Williams, sprach Peter über die Ehe der beiden: ›Es muss eine tiefe Liebe füreinander bei den beiden gewesen sein, warum bloß konnten sie es sich niemals sagen. Weshalb war Sarah, seit Anfang der Ehe wohl, distanziert und unnahbar gegenüber Henry? War dies der Anlass, dass Henry sexuelle Erfüllung bei anderen Frauen suchte?‹

Sarahs Tod kam plötzlich und überraschend für alle – das Herz wollte nicht mehr.

Henry vermisste seine Frau. Er sehnte sich nach ihr.

Wenige Wochen nach der Beisetzung Sarahs starb auch Henry, obwohl er körperlich nicht krank gewesen war. Er hatte sie so sehr geliebt, viel mehr noch, als er es sich jemals selbst hätte eingestanden, und als Sarah von ihm gegangen war, fand er keine Freude mehr am Leben. Ob er es bereute, sie über all die Jahre ihrer langen Ehe hinweg immer wieder aufs Neue mit anderen Frauen betrogen zu haben? Kein Wort verlor er darüber. Er wurde nur allmählich schwächer, müder, kraftloser und erwartete beinahe ungeduldig seinen Tod.

›Leontina, verspreche mir, dass nie die Kälte sich in unsere Ehe schleicht, nie die Worte ungesagt bleiben, die den anderen wissen lassen, dass die Liebe immer noch im Herzen ist. Ich könnte sonst die Musik nicht mehr hören in mir. Ja, vielleicht würde ich das Rauschen der Wellen im Meer noch vernehmen, nicht mehr aber meine Melodien. Verspreche es mir, Leontina, bitte.‹

Das Leben hatte nur eine kurze Symphonie für Peter vorgesehen. Nur eine Ouvertüre für Leontinas und Peters Ehe.

1903

Sie ist zurückgekehrt in die Quinta, in ›Tinas Haus‹, aus Lissabon, aus dem Pensionat, das aus dem Mädchen Leontina-Maria eine selbstbewusste junge Frau machte, deren ganze Leidenschaft dem Tanz gehört. Sie plant, ihren Träumen eine Wirklichkeit zu geben. Sie weiß um ihr Erbe, um das Vermächtnis der Großmutter. Sie weiß aber auch, dass sie der Welt des Tanzes Raum geben muss in all den Weingärten, in all dem Wein.

»Wie wäre es, Leontina-Maria, Du würdest Deinen Bruder und mich nach Lissabon begleiten? Johnny muss in der zweiten Septemberwoche im Internat sein. Wir könnten etwas eher fahren und zusammen in der Stadt Einkäufe machen. Und Du könntest von dort aus weiterreisen nach London. Die Verwandten würden sich freuen, Peters Tochter zu Besuch zu haben. Ich schreibe den Williams‹, auch den Douglas', dass Du für ein paar ›musische‹ Wochen nach England kommst. Und vielleicht magst Du ja auch eine Oper von Verdi in der Scala in Mailand erleben oder die schönen Bilder sehen im Louvre in Paris?«
Leontina möchte, dass ihre Tochter, bevor sie sich verliebt und bindet, ihre Unabhängigkeit genießt. Sie soll noch anderes gesehen haben zuvor als nur das Pensionat auf dem Kontinent und Madeira, die Insel.
»Die neue Theatersaison beginnt im September. Ballett! Und Oper. Im Royal Opera House das königliche Ballett ... – Du musst das einfach alles gesehen haben. Und es könnte jemand aus der Familie Dich begleiten nach Italien, und nach Frankreich. Wie findest Du das?«

»Ich bin Emilie. Herzlich willkommen in London, Leontina-Maria.« Emilie Douglas ist Ende vierzig, recht hübsch, sehr gebildet, lebenslustig – und sehr selbstsicher. Sie nimmt ›Leomary‹, wie sie Leontina-Maria gleich nach der Begrüßung nennt – ›Dein Name ist einfach viel zu lang‹ –, am Schiff in Empfang. »Wie wunderbar, dass Du hier bist! Wie herrlich! Endlich einmal wieder etwas anderes, nicht immer diesen Alltagstrott, der mir so auf die Nerven geht! Jeder neue Tag ist der Abklatsch vom alten. Jedes Wort ist dasselbe, jede Handbewegung dieselbe, jeder Schritt landet in den alten ausgetretenen Fußstapfen. Und Du wohnst selbstverständlich bei mir und Charles! Übermorgen gehen wir drei ins Ballett – das ist dann aber auch das einzige Mal, dass wir Charles mitnehmen, er schläft nämlich nur während den Aufführungen, und dann schnarcht er, und ich habe alle Hände voll zu tun, ihn leise zu halten. Deine Mutter schrieb, dass das Tanzen Deine ganze Welt wäre? Nun, wenn dem so ist, werden wir viele Stunden in Deiner Welt leben. Oh Leomary, ich freue mich sehr, dass Du hier bist.«

Die viktorianischen Villen entlang der Straße um den kleinen Park sind sich alle ähnlich – meist weiße Fassaden, die Regelmäßigkeit nur gelegentlich von Hellgrau unterbrochen, buschbestandene Vorgärten, großzügige herrschaftliche Wohnräume und Schlafzimmer auf zwei, drei Etagen, unterm Dach die Mansarden für Köchin, Butler, Zimmermädchen, Dienstpersonal. Hinterm Haus oft ein gepflegter Rosengarten, etwas Rasen, darauf eine Baumgruppe, ein paar Büsche, Blumenbeete mit bunter Vielfalt, hie und da eine kleine Sitzbank, die zum Verweilen einlädt.
Der Wasserlilienteich in Emilies und Charles' Garten liegt inmitten herrlich duftender alter englischer Rosen – weiß, gefüllt, dichtblättrig, zur Blütenmitte hin zartrosa werdend, ziehen sie Leontina-Marias Aufmerksamkeit auf sich.

»Weißt Du, Emilie, in Manorhouse Quinta im blauen Speisezimmer hängt ein Gemälde, auf dem genau diese wunderbaren Rosen zu sehen sind. Als ich ein kleines Mädchen war und Großmutter Tina mich mitnahm zu den Williams‹, versuchte ich immer, mir ihren Duft auszumalen. Wie oft stand ich ganz alleine dort vor dem Bild in dem abgedunkelten Raum. Und ich fing an, eine Melodie zu summen, mich hin und her zu wiegen, als ob ich eine Rose wäre, die der Wind bewegt – und plötzlich war da der Duft. Anders als der Rosenduft Eurer Schönen hier. Es war der Duft von Geborgenheit und Liebe, weiß ich heute. Wenn ich mich an Großvater Leon oder Großmutter Tina erinnere, stellt sich dieser Duft wieder ein, auch wenn ich an meinen Vater denke, doch ist dem Duft dann etwas Schweres beigemischt – es ist wohl die Sehnsucht nach ihm.«

»Leomary! Leomary, wo bist Du? Draußen steht ein stattlicher junger Mann, der Dich abholen will zu einer Spazierfahrt in seinem funkelnagelneuen Talbot! – Welch ein Glück, dass ich um einiges älter bin als er und dass dieser hübsche Kerl mit mir auch noch verwandt ist, denn sonst … nun ja, könnte ich für nichts garantieren!« Emilies Augen strahlen, zu gern sieht sie Richard ›Ricky‹ Williams.
»Ein schönes Paar seid Ihr, Leomary! Sieh doch, Charles, wie gut die zwei zusammenpassen! Ach, schau Dir doch nicht immer nur dieses Automobil an, Charles! Du begreifst mal wieder gar nichts!« Emilie schüttelt den Kopf und murmelt: »Oh dieser Mensch …«
Ricky öffnet die Wagentüren, Leontina-Maria hebt ihre Rocksäume ein wenig an und steigt in den Talbot.
›Was für hübsche Fesseln sie hat‹, denkt Ricky.

Die Ausfahrt führt übers Land, vorbei an alten englischen Herrensitzen, durch eine schier endlose schnurgerade Allee, wo mächtige Eichen die Straße säumen.

Am Ende der Allee lenkt Ricky sein Fahrzeug vorsichtig in einen Grasweg und stellt den Motor ab.

»Wir machen Picknick, Leontina-Maria.«

»Picknick? Was bedeutet das?«

»Das heißt, dass ich nun von hinten einen Korb hole, eine wollene Decke auf die Wiese lege, darauf in die Mitte ein weißes Tischtuch, den Korbdeckel öffne, Teller, Besteck, Gläser und Servietten auf den ›Tisch‹ decke – und los geht das ›Essen im Freien‹. Wir ›picknicken‹. Es gibt Roastbeef mit Cumberlandsoße, dunkles Bier, wenn's unbedingt sein muss auch Wasser und Brot und Butter. – Darf ich bitten, schöne Senhorita do Madeira?«

»Leontina-Maria, Du wirst den Talbot nach Hause fahren. – Das ist gar kein Problem, geht kinderleicht, ich fahr ihn nur heraus aus der Wiese auf die Straße, und dann setzt Du Dich ans Steuer.«

»Du traust mir aber viel zu.«

»Ja. So ziemlich alles.«

Der Blick, mit dem Ricky Leontina-Maria auseinandernimmt, und wieder zusammensetzt, irritiert sie – solche Blicke hat sie noch nie auf sich gespürt. Sie fühlt geradezu, wie seine Augen ihren Körper entlangwandern, und ihre Haut beginnt zu prickeln.

»Also dies ist das Lenkrad. Du drehst es nach links, wenn Du nach links fahren willst, und …«

»Ich drehe es nach rechts, wenn ich nach rechts fahren will.«

»Hier ist das Gaspedal, damit setzt Du den Talbot in Bewegung – je mehr Gas Du gibst, umso schneller fährt das Automobil.«

»Hier trete ich drauf, wenn ich langsamer werden will

oder anhalten. Und an diesem Hebel ziehe ich, bevor ich aussteige. – Richtig?«
»Richtig.«
»Was mache ich mit den dummen Röcken, die sind jetzt nur im Wege? – Ach, ich weiß, ich klemme sie mir einfach zwischen die Beine.«
Ricky verschlägt es die Sprache, so viel Offenheit hat er in seinem Leben noch nie von einer Frau gehört.

»Am Ende der Allee kommt eine Kreuzung, Leontina-Maria, dort biegst Du nach rechts in die Straße ein. Wir besuchen Gilbert. Er war Choreograf des Royal Opera House Balletts. Schon länger her ist das allerdings. Er ist mir mehr als nur ein besonderer Freund. Siehst Du dort die Büsche und Bäume? Dahinter wohnt Gilbert in seinem ›Nest‹, zu dem nur ganz wenige Menschen Zutritt haben. Er wird sich freuen, Dich kennen zu lernen, denn ich habe ihm oft von Dir erzählt. Von Dir und Deiner Liebe zum Tanz und Deiner außergewöhnlichen Begabung, Dir Tänze und Lieder auszudenken.«

Ricky und Gilbert lieben sich – anders jedoch, als sich sonst Männer untereinander mögen und schätzen –, das weiß Leontina-Maria nun. Auf Madeira hat es so etwas nicht gegeben. Und wenn doch, so wäre sie zu jung gewesen – vor ihren Jahren in Lissabon im Mädchenpensionat –, um es zu bemerken, oder dass ihre Mutter ihr davon hätte erzählen wollen. Auch immerzu nur im Norden der Insel, bei den Weinbauern oder den Fischern, den Dorfbewohnern, und kaum jemals in der Stadt Funchal – wo es vielleicht so etwas noch hätte geben können – hatte Leontina-Maria nie die Gelegenheit einer Begegnung mit solchen Männern gehabt. Entsetzt ist sie nicht, nur erstaunt über diese Sonderbarkeit der Natur. Ricky und Gilbert ein Paar … – und Ricky sprach ganz offen mit ihr darüber ... Leontina-Maria fühlt sich plötzlich ganz frei – das engende Gefühl, Ricky könnte mehr von ihr wollen, ist verschwunden. Die Rückfahrt kommt ihr nun viel zu rasch.

»Setz Dich ans Steuer, Leontina-Maria, ich komme neben Dich, und Gilbert soll ein Foto machen von uns beiden. Es glaubt Dir ja sonst kein Mensch, dass Du selbst den Talbot übers Land gesteuert hast!«

»›Suffragetten‹, sagtest Du, Emilie, nennt man sie? Was heißt das? Und weshalb marschieren sie hier mitten durch London, blockieren die Straße und tragen diese breiten Schärpen über Schulter, Brust und Rücken?«
»Leomary, sie protestieren gegen die Unterdrückung der Frauen durch die Männer. Sie verlangen das Wahlrecht. Und die gleichen Rechte für die Frauen, wie die Männer sie haben. Die Bezeichnung ›Suffragetten‹ leitet sich sowohl aus dem englischen als auch aus dem französischen Wort ›suffrage‹ ab, was ›Wahl‹ bedeutet. Emmeline Pankhurst gründete hier in England vor wenigen Monaten die ›Women's Social and Political Union‹, eine radikal-bürgerliche Frauenbewegung im Kampf um politische und bürgerliche Rechte, so zum Beispiel auch um das Recht auf eine Erwerbstätigkeit und um das Recht auf Bildung.«
»Eine ›Frauenbewegung‹ in England? Emilie, sind denn die Frauen hier keine vollwertigen Staatsbürger? Ist die englische Gesellschaft nur eine reine Männergesellschaft?« Leontina-Maria ist wie vor den Kopf gestoßen.
»Leomary, mein liebes Kind, nicht nur in England, auch in Frankreich, ja im ganzen europäischen Raum, in Amerika – ach, egal wo auch immer sind die Frauen ohne alle Rechte. Diese demütigende Situation finden wir auf dem ganzen Erdball. Ausgenommen sind vielleicht einige Naturvölker, wo es dann allerdings gerade umgekehrt

ist. Ein gleichberechtigtes Miteinander ist wohl unter uns Menschen nicht möglich. Aber – ist es nun gut? Oder schlecht? Ich weiß es nicht – die allermeisten Frauen wissen ja gar nicht einmal, dass sie Menschen zweiter Klasse sind! Über diese Sache nachzudenken, kam ihnen nie in den Sinn! Sie sind seit Tausenden von Jahren schon daran gewöhnt, dass Männer das Sagen haben!«

Leontina-Maria schweigt. Sie beobachtet die vorbeimarschierenden demonstrierenden, protestierenden Engländerinnen. Junge, ältere, hübsche, verbiesterte, ernste, fröhliche, verbissen kämpfende, lächelnd streitende, wunderbare starke Frauen.

»Meine Großmutter Tina war eine kluge Frau, Emilie. Sie brachte die Freiheit, die ihre Mutter, meine Urgroßmutter Ana, ihr von klein auf schenkte, mit in die Ehe, mit in ›Tinas Haus‹. Und sie gab sie weiter an ihre Kinder und Kindeskinder. Und sie gab den Frauen, den Leontinas, Stärke. Dies ist ihr großes Vermächtnis.«

Georg Friedrich Händel – Konzertabend in der Royal Academy of Music in London. Ernst und feierlich blicken Studenten der Meisterklassen auf den erhobenen Taktstock ihres Dirigenten. Leontina-Maria ist es, als säße ihr Vater dort oben auf der Bühne mitten unter ihnen. Wie oft hatte er ihr den Abend geschildert, an dem er zum ersten Mal hier vor großem Publikum spielen durfte. Nicht Händel war es, so wie jetzt, sondern Mozart – das Forellenquintett –, und seine Hände glitten über die Tasten des Flügels und er vergaß alles um sich herum und wünschte, es würde nie enden. Peter Douglas hatte sich oft und gerne seiner Studienzeit in der Royal Academy erinnert.

Wassermusik, Feuerwerksmusik, nicht wie die Wellen im Meer, nicht wie die Gewitterblitze und Donner auf Madeira – anders, und doch auch schön. Anders als der

Klang von den schon abgenützten Schellackschallplatten aus dem Trichtergrammophon in ›Tinas Haus‹, anders, ganz anders. Erhaben, grandios, bombastisch. Leontina-Maria fühlt den hölzernen Fußboden unter ihren Schuhen vibrieren, den Stuhl auf dem sie sitzt, ihren Brustkorb. Anders ist alles, ganz anders. ›Erwachsen bin ich jetzt wohl‹, denkt sie.

»Cousine Liz ist immer noch im Krankenhaus. Ich denke, wir zwei werden sie heute dort besuchen, Leomary. Sie ist so erpicht darauf, Dich kennen zu lernen, ich will sie nicht mehr länger auf die Folter spannen, wer weiß, wann sie wieder nach Hause darf. Das Hospital ist nicht weit weg, wir könnten zu Fuß dorthin spazieren, oder, besser noch, wir nehmen gleich eine Droschke, es könnte nachher zum Regnen kommen. Es ist zwar nur eine kurze Hinfahrt, aber ich hasse nasse Schuhe und lange nasse Röcke, die an den Beinen kleben bleiben.«
»Sehr einfach und sehr bequem ist es, wenn man in London ins Krankenhaus muss. Ein kurzer Weg zu Fuß, mit der Droschke oder sogar mit dem Automobil – wenn ich da hingegen an Madeira denke, oh Emilie! Weißt Du, Clara – sie ist eine unserer jungen Wäscherinnen – hatte vor ein paar Monaten schreckliche Bauchschmerzen. Doktor Da Silva konnte ihr nicht helfen und schickte sie nach Funchal ins Hospital. Weil Clara vor Schmerzen kaum gehen konnte, wurde sie im ›Hammack‹ über die Berge bis nach Funchal ins Krankenhaus getragen. Die Küstenboote konnten in diesen Tagen nicht ins Meer gelassen werden, es tobte ein heftiger Sturm, die Brandung schlug viel zu hoch, und so war dies die einzige Möglichkeit, Clara rasch helfen zu können. Mehr als zehn Stunden waren die Männer zu Fuß unterwegs mit der Kranken. Aber sie hatte es ja gut! Sie wurde getragen! Andere müssen von ihren eigenen Füßen getragen

werden, falls sie es noch irgendwie können. Du willst wissen, was ein ›Hammack‹ ist? Nun, es ist so eine Art Hängematte, aus festem Leinentuch, an zwei lange Stangen längs gebunden, die sich zwei Träger – einer hinten, und einer vorne – auf die Schultern nehmen. Der Kranke liegt in der Hängematte – bergauf, bergab –, richtig seekrank kann er dabei werden. Trotzdem ist dies immer noch um einiges besser, als an Krücken zwölf Stunden lang oder mehr hinüber auf die andere Seite der Insel zu humpeln.«

»Leomary, was für schauerliche Geschichten erzählst Du mir heute wieder!«

»Es sind keine Geschichten, Emilie. Es gibt keine Straßen oder selbst breitere Fahrwege, die den Norden Madeiras mit dem Süden und mit Funchal verbinden. Die Madeirenser sind an ein hartes und beschwerliches Leben gewöhnt. Sie kennen nichts anderes.«

Von London nach Dover. Mit der Dampffähre über den Ärmelkanal nach Calais. Und weiter nach Paris. In einem der Luxuszüge der Internationalen Schlafwagen Gesellschaft. Ohne auch nur ein Mal aus dem Zug steigen zu müssen, auch nicht bei der Überquerung des Kanals – die Dampfeisenbahnfähre verschluckte die Waggons einfach in ihrem großen Maul. Leontina-Maria und Emilie sind auf Reisen. »Endlich einmal wieder die prickelnde Luft in Paris atmen! Vielsagende Blicke feuriger italienischer Männeraugen in Mailand im Rücken zu spüren! Ach, Leomary, wie herrlich kann das Leben sein!«

Einer dieser letzten Oktobertage, in denen die Sonne weiche, stille, glückliche Gesichter zeichnet. An der Seine schlendern die Menschen, ohne Ziel spazieren sie durch die Straßen der Stadt. Verhalten ist ihre Sprache im innersten Bewusstsein um die Kürze dieser herbst-sonnigen milden Stunden. Rasch kann der Wind drehen, Regenwolken übers Land treiben und dunkle kalte Wochen wollen dann kein Ende nehmen. ›Prickelnde Luft atmen in Paris‹, sagte Emilie. Leontina-Maria glaubt zu verstehen, was sie damit meinte.

»Schon wieder Blumen für Dich, Leomary!«

»Für Dich und mich, Emilie! Unser ›Rosenkavalier‹ schrieb auf seine beigelegten Visitenkarten stets ›Meine Empfehlung den Ladies in Suite No. 8‹. ›Ladies‹ ist die Mehrzahl von Lady, nicht wahr? So lernte ich das wenigstens im Pensionat. Also bedeutet es, dass die Blumen für uns beide sind und nicht nur für mich alleine.«

»Aber Dich, meine hübsche Kleine, will er verführen, und nicht Deine alte Tante!«

Prickelnde Luft – nicht nur, auch Leontina-Marias Haut prickelt.

Auf die Gräber fällt buntes Herbstlaub. Katzen stolzieren gelangweilt über die Wege. Eine friedvolle stille Insel, über die sich ein dünner Sonnenschleier breitet, inmitten der großen Stadt Paris. Der Friedhof von Montmartre.

Viele bedeutende Menschen, Berühmtheiten oder nicht, Dichter, Musiker, wurden hier zu Grabe getragen und eine Kurtisane. Ihre Gebeine ruhen in einfachen, schlichten Grabstätten in der Erde, in blumenverzierten marmornen Sarkophagen, in kleinen Häusern, in Grüften, in Mausoleen.

Am Eingang finden die Besucher eine Messingtafel, auf der die Namen der bestatteten Schönen, Berühmten, Klugen, Weisen, Musischen für die Ewigkeit eingraviert stehen. Dabei auch der Lageplan ihrer Ruhestätte.

»Plessis, Alphonsine Plessis, das war ihr wirklicher Name, später aber nannte sie sich Marie Duplessis, weil es vornehmer klang. Wir sollten nach beiden Namen auf der Liste suchen, Leomary.«

»Und sie starb, so jung noch, mit erst dreiundzwanzig Jahren an Schwindsucht, Emilie?«

»Wäre sie alt gewesen oder hässlich, und hätte sie nicht einen solch erfolgreichen Salon geführt, in dem sich damals alles traf, was Geld und Lebenslust hatte, dann hätte Alexandre Dumas der Jüngere wohl nicht ein Buch über sie geschrieben. Sie aber war jung und schön und glamourös – möglicherweise kannte Dumas sie sogar persönlich, denn sie war im selben Jahr, 1824, geboren wie er, lebte in Paris wie er – was lag da näher für ihn, als nach ihrem Tod, 1847, ›Die Kameliendame‹ zu schreiben – dieses Buch, das die Kurtisane Alphonsine Plessis unsterblich werden ließ? Und Giuseppe Verdi! Er begriff sofort, als er das Theaterstück ›Die Kameliendame‹ im Winter 1852 auf der Bühne sah, dass dies der Stoff für eine grandiose Oper sein könnte. Er arbeitete fünfundvierzig Tage wie besessen, und ›La Traviata‹ war fertig. Die schöne Edeldirne Alphonsine Plessis wurde damit ein weiteres Mal der Unsterblichkeit gewidmet.«

»Du hast Karten für die Scala in Mailand schon reserviert, sagtest Du, Emilie? Und an einem dieser Opernabende wird ›La Traviata‹ gegeben? Erzähl mir noch ein wenig mehr über Alphonsine, dann werde ich die Musik später in Mailand noch viel besser verstehen und viel tiefer im Herzen hören können.«

Die Dutzende von bunten Katzen, die den Friedhof von Montmartre bevölkern, laufen plötzlich alle in eine Richtung. Sie kriechen aus ihren Schlupfwinkeln hervor, aus Hohlräumen unter lose liegenden Grabplatten, strecken sich, machen ihre schlanken Körper lang und länger – ein altes hutzeliges Weibchen in löchrigen Pantoffeln ist gekommen, klopfte mit einem Löffel an den verbeulten Rand ihres einstmals wohl blau gewesenen

79

Blechkübels und verteilt nun löffelweise und gerecht unter den Katzen eine Art Brei. ›Wer kümmert sich um die Tiere und füttert sie, wenn das Weiblein nicht mehr kommen kann?‹, fragt sich Leontina-Maria.

Wie wenn sie die Gedanken Leomarys hätte lesen können, sagt Emilie: »Irgendwer war immer schon da und sorgte für sie. Und es wird in hundert Jahren noch genauso sein.«

Rote Porzellankamelien schmücken den weißen Marmorsarkophag – und frische Blumen. Die Dirnen von Paris vergessen Alphonsine Plessis nicht. Täglich besuchen die einen oder anderen von ihnen das Grab ihrer über alle Grenzen hinaus berühmt gewordenen Schwester. Immer schon kamen sie, seit Alphonsine hier ruht, und sie werden dies auch in hundert Jahren noch tun und die frischen Veilchen, die Alphonsine – außer den weißen und roten Kamelien – so sehr liebte, auf ihr Grab legen.

»Die schöne Kurtisane wusste mit den Herren von Adel umzugehen, sie hatte Bildung und gute Manieren, Leomary. Sie benutzte die roten und weißen Kamelien dazu, ihren Liebhabern wortlos mitzuteilen, ob sie heute willkommen wären – dies war der Fall, wenn weiße Kamelien den Salon zierten. Rote Kamelien waren für die Tage im Monat bestimmt, an denen sie unpässlich war – und die Herren verabschiedeten sich wieder ›mit den besten Empfehlungen‹. Also sie hatte wirklich sehr gute Umgangsformen. Etwas allerdings, was sie nie ausreichend genug besaß für das allzu teure und aufwändige Leben, das sie führte, war Geld. Ständig verbrauchte sie viel mehr, als sie zur Verfügung hatte, ihre Schulden stiegen ins Unermessliche. Manch einer der Herren von Geld und Adel ver-liebte bei ihr sein Hab und Gut.«

»Nun wird keinem der Liebhaber mehr sein Besuch bei ihr ›nach Wunsch‹ ausfallen – schau, Emilie, die Porzellankamelien auf ihrem Sarkophag sind rot.«

Enttäuscht darüber, dass die beiden englischen Ladies aus Suite No. 8 heute nach Mailand weiterreisen, ohne ihm eine Gelegenheit gegeben zu haben, näher mit ihnen ins Gespräch zu kommen, zieht sich der Rosenkavalier auf seine Zimmer zurück. Emilie fand es herrlich, zu beobachten, wie es in den letzten Tagen anfing zu knistern zwischen Leomary und diesem wohlsituierten jungen Gentleman, der eine ganze Woche lang täglich gelbe und weiße Rosen in ihre Suite schicken ließ. Leomarys heimliche Blicke in seine Richtung, wenn sie glaubte, niemand, vor allem aber er nicht, würde es bemerken. Und dann der Blick in die Augen, wie seine Hand flüchtig die ihre berührte, als sie sich bückte, um das Seidentuch, das ihr von den Schultern gerutscht und auf den Boden gefallen war, aufzuheben, und er ihr dabei zuvorkam. Diese beiden Augenpaare, die sich für einen Moment mehr als nur flüchtig begegneten. ›Ach, es ist einfach zu dumm, dass wir nicht länger in Paris bleiben können! Hätte ich nur nicht schon die Fahrkarten besorgt und die Karten für die Scala reservieren lassen! Wie wunderbar wäre es gewesen, hautnah das Aufblühen dieser ersten jungen Liebe mitzuerleben. Statt dessen bekommen ›die Schmetterlinge im Bauch‹, kaum dass sie anfingen zu fliegen, ihr Todesurteil.‹ Emilie ist ärgerlich mit sich selbst.

Mailand im November. Regen und Kälte spielen die Ouvertüre. Dazwischen ein Paukenschlag, ein Trommelwirbel, grelles Sonnenlicht. Und das Ende sind plötzliche Sehnsucht, Heimweh nach Madeira. Sind Giuseppe Verdi, La Traviata, Tränen der Berührtheit, tiefes Glücksempfinden.
»Leontina-Maria«, sagt Emilie – nicht wie sonst Leomary – , »Du sahst nie schöner aus als heute Abend. La Traviata ging Dir wohl sehr ins Herz.«

»Mesdames, in zwanzig Minuten erreichen wir Calais. Der direkte Zug nach Lissabon für Mademoiselle steht an Bahnsteig zwei. Darf ich einen Träger rufen für die Koffer der jungen Dame?« Mit einer angedeuteten Verbeugung wendet sich der Schaffner Emilie zu: »Madame, das Abteil steht Ihnen bis London zur alleinigen Verfügung. Darf ich Ihnen Tee servieren lassen?« Der Abschied nach so vielen Wochen des Zusammenseins, nach dieser Reise zu zweit, nach all den Erlebnissen, um die nur Emilie und Leontina-Maria wissen, fällt Emilie besonders schwer. Leomary war für sie Tochter – die immerzu gewünschte und ihr nie geschenkte. »Besuch uns auf Madeira, Emilie. Im Frühling, im Sommer, wann auch immer, wenn Du in Blumen und Blüten ertrinken magst.«

Lissabon. – Das Schiff nach Funchal, der schöne große weiße Dampfer, läuft in zwei Tagen aus. Zwei Tage, die Leontina-Maria mit ›Johnny! Kleiner Bruder!‹ verbringen will. ›Ihn hab ich wohl am meisten vermisst von allen‹, denkt sie. Weiß sie, als Johnny ihr im Besucherzimmer des vornehmen Internats in die Arme stürzt.
»Schau, ich hab Dir aus Mailand etwas mitgebracht.« Sie öffnet ihre Hände, die eine kleine dunkle Holzkugel umschlossen gehalten hatten, und legt das mit Intarsienmalerei verzierte Geschenk auf den schweren Eichentisch. Johnny nimmt die Kugel, betrachtet sie, dreht sie hin und her.
»Sie hat ein Innenleben. Du musst die beiden Messingknöpfe gleichzeitig drücken und ...«
Johnnys Augen fangen an zu leuchten. »Eine Spieluhr ist es, nicht wahr?«
Er presst die Knöpfe, der Deckel schwingt nach oben. Ein Spiegel steigt aus der Versenkung, auf dem ein zierliches

Porzellanpärchen zu einer wehmütigen Melodie von Chopin sich im Kreise dreht. Und Johnny hält den Atem an und lauscht. Für Minuten scheint es nichts anderes mehr zu geben, nur diese eine Melodie Chopins, das tanzende Paar aus Porzellan und Johnny mit seiner großen Schwester Leontina-Maria.

»Das sind Du und ich, die hier tanzen, Leontina-Maria. Und Papa sieht uns dabei zu.«

»Ja, das dachte ich mir auch gleich, als ich die Spieluhr sah in dem schönen Geschäft in Mailand in der Nähe der Scala.«

Leontina erwartet im Hafen von Funchal die Ankunft des Schiffes aus Lissabon, das ihr ihre Tochter zurückbringt. ›Zwei Monate lang allein in ›Tinas Haus‹! – der Sohn in der Internatsschule, die Tochter, die sich die halbe Welt angesehen hat – es wird Zeit, dass in der Quinta das Leben wieder stattfindet, und ich noch anderes zu hören und zu sehen bekomme als Wein und nochmals Wein. Vielleicht sollte ich ein Fest geben? Zu Weihnachten ein großes Festessen? Für meine Vettern, die Fischer, mit ihren Frauen und Kindern. Für meine Leute in ›Leons Gärten‹ und ›Tinas Haus‹ mit ihren Familien. Weinbauern, Kellermeister, Wäscherinnen, Köchinnen, Hausmädchen – da wird das Herrenhaus zu klein sein. Ich werde Leons Gerätehaus aufräumen und putzen lassen, werde es festlich schmücken und lange Tische und Bänke hineinstellen. Ja, das ist eine gute Idee.‹ So vertieft ist sie in ihre Gedanken, dass sie das Schiff erst bemerkt, als es bereits in den Hafen einfährt und langgezogen und dumpf sein Nebelhorn zur Begrüßung ertönen lässt.

Leontina-Maria tritt an die Reling und hält von oben Ausschau nach ihrer Mutter. Im Getümmel von Menschen, Wagen, Kutschen, Pferden ist es allerdings nahezu unmöglich für sie, eine einzelne Person auszumachen, und sie geht die schaukelnde, mit Querleisten versehene hölzerne Gangway hinunter, sorgsam darauf bedacht, nicht zu stolpern oder mit dem Absatz an einer der Leisten hängen zu bleiben. »Diese dummen langen Röcke sind mir wirklich nur ständig im Wege!«, schimpft sie vor sich hin.

Leontina beobachtet, wie ihre Tochter das Schiff verlässt. ›Bildhübsch ist sie geworden mit ihren rotgoldenen Locken, die in der Sonne leuchten. Wie selbstverständlich sie sich auf diesem wackelnden Etwas bewegt. Ja, es hat ihr gut getan, es war richtig, dass ich sie fortschickte, sich ein wenig die Welt anzusehen.‹ Alle Zweifel, die sie jemals hegte über ihren spontanen Entschluss vor einem Vierteljahr, sind damit nun endgültig besiegt.

Die Umarmung von Mutter und Tochter ist länger, viel länger. Die unausgesprochenen Worte sind tiefer, viel tiefer. Inniger als je zuvor ist die Liebe zwischen diesen beiden Frauen.

»Meine Güte, Tochter, wie viele Gepäckstücke bringen die Träger denn noch! Unser Boot wird überquellen! Du hast wohl alle Städte, in denen Du warst, halb leergekauft? Vor drei Wochen brachte bereits der kleine Küstendampfer einige große schwere Holzkisten für Dich. Aus London. Ein Tuchhaus sandte sie. Natürlich hab ich alle geöffnet und reingesehen, ob nichts unter dem Transport gelitten hat. Kind, wozu brauchst Du solche Unmengen an Baumwollstoffen? Willst Du eine Damenschneiderei aufmachen?«

»Warte bis heute Abend, Mama, die Leute starren uns schon an, lass uns zum Boot gehen und nach Hause fahren. Nach dem Abendessen sitzen wir zusammen und ich erkläre Dir, was ich vorhabe. Ja?«

»Die Leute starren nicht uns an, sie starren Dich an, Leontina-Maria. Dich und Deine rote Lockenpracht und weil Du apart und anders ausschaust. Vor allem sind es aber die jungen Männer, die sich ihren Hals verrenken nach Dir. Wie ein Lauffeuer wird nun die Neuigkeit über die ganze Insel getragen, dass in ›Tinas Haus‹ eine Schönheit heranwuchs, die nur darauf wartet, dass ein Prinz um ihre Hand anhält. Wir gehen aufregenden Zeiten entgegen, meine Tochter. Kannst Du Dir vorstellen, was da alles in der Quinta auftaucht, um Dir den Hof zu machen?«

»Auftauchen wird keiner, wenn ich nicht will, Mama. Das große Portal hat einen großen Schlüssel. Weißt Du, Mutter, die Reise war sehr schön, und viel hab ich gesehen und gelernt. Und ich hab die Gewissheit für mich bekommen, dass es nur einen Platz gibt, an dem ich meine Füße in die Erde eingraben möchte – in Großvater Leons Weingärten. Und kommt dann doch ein Prinz eines Tages durchs Portal, werde ich ihn fragen, ob er seine Füße gerne in die Erde gräbt. Und wenn er ›ja‹ sagt, muss er mir zeigen, dass er es richtig kann und es auch wirklich will und er die feuchte kühle Wintererde und die warme Sommersonnenerde so liebt wie ich.«

»Du wirst Deiner Großmutter Tina immer ähnlicher, Leontina-Maria.«

Nach dem Abendessen gehen Mutter und Tochter in das große Gästezimmer im zweiten Stock von ›Tinas Haus‹. Hier im Seitenflügel, dessen Fenster zum Meer gehen und wo das Rauschen der Brandung besonders gut zu hören ist, stehen die Kisten mit der Lieferung aus London – den bunten Baumwollstoffballen, die darauf warten, ausgepackt, befühlt, betrachtet und begutachtet zu werden.

»Bevor wir anfangen, hier ist ein Brief, Mutter, für Dich von ›Johnny! Kleiner Bruder!‹. Die beiden Tage, die ich in Lissabon war, bekam er schulfrei und durfte auch das

Internatsgelände verlassen. Wir gingen zum Hafen, setzten uns auf eine Bank und stellten uns vor, ein Schiff mit großen weißen Segeln trüge uns hinaus in die Welt. Nach Indien und Sansibar. Nach China und zum Nordpol. Plötzlich sagte Johnny: ›Aber Madeira, das ist der Ort, an dem wir am Ende bleiben werden, nicht wahr?‹«

»Leon und Tina haben es wirklich gut verstanden, ein Nest zu bauen für uns Nachkommen, das wir nicht als Einengung empfinden oder gar als Hemmschuh. Ein Haus, in das wir nach der Reise zurückkehren, um zu bleiben, Leontina-Maria. Oder, mag auch sein, einer von uns wollte es verlassen, ohne wiederzukehren, dann kann er dies tun, ohne sich schlecht fühlen zu müssen. Wir tragen ›das Nest‹ – und das ist die Freiheit und die Selbstverantwortung – in uns, sie legten es in unsere Wiegen.«

»Seltsam«, sagt Leontina-Maria, »ähnliche Worte sagte ich in London zu Emilie, nur sprach ich da von Tina allein und nicht auch von Leon, aber sie sind es ja beide, die uns dies als ihr wichtigstes und größtes Vermächtnis hinterließen.«

Leontina beginnt, die Stoffballen auf den Gästebetten auszulegen. »Wunderschöne Stoffe hast Du gekauft. Diese feine Farben. Und die so ganz anderen Muster.«

»Es ist indische Baumwolle, Mama. Schau, hier, dieses Tuch, wie fein und durchsichtig es ist. Es wird ein wunderbares Gewand für mich geben.«

»Also Du willst Dir Kleider aus den Stoffen nähen?«

»Ja. Für mich, und für die anderen Frauen.«

»Die anderen Frauen? Was für andere Frauen?«

»Die Tänzerinnen.«

»Welche Tänzerinnen?«

»Die Frauen, die ihre tiefsten Empfindungen, Gedanken, Gefühle, all die vielen unterdrückten, nicht ausgelebten Emotionen, die in ihnen erwachen beim Anhören bestimmter Melodien, gerne im Tanz ausdrücken würden. Frauen, die sich einmal selbst ganz anders erleben und spüren wollen.«

»Und wo willst Du solche Frauen auf Madeira finden?«

»Bestimmt nicht bei den Fischern und Weinbauern, den Korbmachern oder den Tonkrüge- und Schüsselherstellern, Mutter«, lacht Leontina-Maria, »aber englische Ladies werden sicher ihren Spaß daran haben. Könnte sein, dass sich unter meine Tänzerinnen noch die eine oder andere flämische Frau mischt oder Frauen aus der feinen madeirensischen oder portugiesischen Gesellschaft. Jedenfalls beginne ich meine Suche erst einmal in Funchal. Und bei den Verwandten in Manorhouse Quinta werde ich auch nachfragen.«

»Wo sollen Deine Tanzstunden denn stattfinden? Hast Du Dir das schon überlegt? Es wird nicht ganz einfach sein für die Damen, hierher zu kommen.«

»Ich würde gerne Vaters Musikzimmer benützen, wenn Du damit einverstanden wärst. Dort steht der Flügel. Die großen Fenster lassen sich weit öffnen und geben den Blick frei aufs Meer, und an heißen Sommertagen weht eine leichte Prise herein, die den Raum angenehm kühlt. Der Küstendampfer verkehrt regelmäßig dreimal in der Woche zwischen Funchal und Ponta Delgada. Mit ihm würden die Damen sicher und bequem am Vormittag nach Arco gelangen. Er legt auf seiner Fahrt außerdem zuvor noch in Sao Jorge an und nähme die Ladies von Manorhouse Quinta an Bord. Am späteren Nachmittag geht die Fahrt wieder zurück nach Funchal. Gerne würde ich den Damen zwischendurch Erfrischungen und eine kleine leichte Mahlzeit anbieten. Einmal pro Woche wären dann Gäste in ›Tinas Haus‹. Was meinst Du dazu, Mama?«

»Gut. Es ist gut. Du hast alles wohl durchdacht. Du solltest es tun, Leontina-Maria.«

»Ich werde ein Schnittmuster anfertigen für die Tanz-Gewänder – einfache weite Kleider, am runden Ausschnitt gefasst, hängend, ohne Taille, wadenlang, mit Halbarm. Clara, die Wäscherin, soll sie nähen. Sie wird es gut machen. Sie ist sehr geschickt in solchen Dingen. Das größte Problem, Mutter, dürfte sein, den Damen beizubringen, dass sie diese fürchterlich unbequemen hinderlichen langen Röcke ausziehen müssen und dazu noch ihre entsetzlich engen Mieder und dass sie unter den Tanzkleidern nichts anderes tragen werden als nur ein leichtes Hemdchen und ihre Unterhosen.«

»Wenn die Damen schon bereit sind, ihren Gefühlen Ausdruck zu geben im Tanz, werden sie auch gerne für diese Stunden mit Dir ihr einengendes Äußeres ablegen. Glaube mir, Tochter, sie werden dies nur zu gern wollen.«

1905

Leontina liebt diese wöchentlichen Kontrollgänge durch die Weingärten Leons, ganz besonders, wenn ihre Tochter sie dabei begleitet. Es ist die Zeit der Gespräche, Ideen, Planungen – private Dinge vermischen sich mit geschäftlichen, und alles wird zum großen Ganzen.
Ein wenig unterhalb der höchsten Stelle des Weinhügels setzen sich Mutter und Tochter auf die Erde.
»Es wird einen heißen Tag geben heute; noch nicht zehn Uhr und die Sonne brennt schon vom Himmel.« Leontina wischt sich den Schweiß von der Stirn.
»Wie majestätisch und kerzengerade die beiden hohen Palmen bei ›Tinas Haus‹ zum Himmel zeigen«, Mama.
»Leon und Tina pflanzten sie 1850 am Tag nach ihrer Hochzeit. Sie stehen genau an der Stelle, an der sie sich vor Pater Joao das Jawort gegeben hatten.«

»Wie mächtig sie wuchsen in diesen fünfundfünfzig Jahren.«
»Meinst Du die Palmen, Leontina-Maria?«
Und für eine lange Weile schweigen Brandung und Meer.

»Wir sollten einen weiteren Kellermeister dazunehmen, es wird wohl einen großen Wein geben in diesem Jahr. Der alte Paulo soll ihn einlernen, er hat die Erfahrung, und das besondere Verständnis, das es braucht für außergewöhnliche Jahrgänge.« Leontinas Gedanken kreisen bereits um Filipe, den jüngsten Sohn Paulos, der gerade aus Portugal zurückgekommen ist, wo er einige Jahre auf einem Weingut arbeitete. Einmal war er für einige Wochen in Leons Weingärten zur Aushilfe gewesen. ›Ein schweigsamer kräftiger junger Mann, der lieber mit den Reben spricht, als wie mit den Menschen‹, dachte sie damals.
»Die Vormerkliste der Damen für den Tanztag in ›Tinas Haus‹ wird immer länger, Mutter. Die Ladies wollen alle weitermachen, es gibt keine freien Plätze, ich kann aber nicht mehr als zwölf Tänzerinnen optimal betreuen. Nun dachte ich mir, ob ich einen weiteren Tag in der Woche anbieten kann für eine neue Gruppe von zehn bis zwölf Frauen. Wäre das für Dich aber nicht eine zu große Belästigung?«
»Es wird keine Belästigung für mich sein, wenn Du mir trotzdem weiterhin zur Seite stehst bei unseren Geschäften mit dem Weingut, Leontina-Maria.«
»Gut, dann nehme ich morgen früh das Dampfschiff nach Funchal, kaufe Stoffe für neue Gewänder und verabrede mit den Ladies und Senhoras ihren ersten Tanztag in ›Tinas Haus‹, Mama.«

»Würdest Du mit mir tanzen, Filipe? Ich bin eine Frau aus Fleisch und Blut, wenn Du auch meinst, ich wäre eine Prinzessin aus einem wunderschönen Märchen-buch, und ich würde Dich nicht einmal sehen. Ich sehe Dich wohl, schon eine ganze Weile, Filipe. Komm, leg die Arme um mich, und ich werde Dir zeigen, wie wir beide miteinander nach der Walzermusik aus meinem Grammophon tanzen können. Es ist gar nicht schwer, Du musst Dich nur von mir führen lassen, am Anfang, dann, wenn Du Dich traust, weil Du es kannst – und ich weiß, du wirst es bald können –, werde ich mich von Dir führen lassen.« Leontina-Maria weiß ganz genau, was sie tut an diesem Silvesternachmittag des Jahres 1905 im Salon von ›Tinas Haus‹.

1909

Johnny freute sich auf die Rückkehr nach Madeira, auf seine Mutter und die große Schwester, auf die Quinta, die Gärten, den Geruch nach Meer und Wein. Doch da ist ein Gefühl von Fremdheit in ihm aufgekommen, das zunimmt mit der Länge der Wochen, in denen er in ›Tinas Haus‹ wohnt. Das Zuhause, das er als Junge kannte, von dem er in den Jahren im Internat in seinen Vorstellungen immer weiterträumte, gibt es so nicht mehr. ›Oder ist es, weil ich mich erwachsen fühle? Nicht mehr ›Johnny! Kleiner Bruder!‹ bin? Ich sollte mit Mutter sprechen, ihr sagen, dass ich nach Estoril gehen werde, ihr von der Einladung ins Haus der Familie Morais de Sousa e Cunha erzählen, von Claudino, dem Freund aus dem Internat, der beim Abschied den Tränen nahe war, dessen Familie Hotels besitzt in Portugals mondänem Kurort Estoril, dessen Vater mir anbot, bei ihnen zu wohnen und das Hotelfach zu lernen zusam-men mit seinem Sohn. Ich spreche mit Mama und mit

Leontina-Maria, sie werden mich ziehen lassen. Und, wer weiß, später einmal komme ich zurück und baue ein Hotel, eine Quinta, an den Hängen oberhalb Funchals, von wo aus die Schiffe und die Luxuspassagierdampfer zu sehen sind, wie sie in den Hafen einfahren. Und mein nobles großes Automobil wird dann dort stehen, um meine Gäste abzuholen.‹

»Ein wenig ein Träumer bist Du, mein Sohn, wie Dein Vater«, sagt Leontina, als Johnny ihr seine Pläne mitteilt, »doch ohne unsere Träume wären unsere Wirklichkeiten nicht geschaffen worden. Geh nach Estoril, lerne alles, was Du nur lernen kannst – nicht nur das Wissen, wie ein Hotel erfolgreich zu führen ist. Und dann suchen wir zusammen nach dem schönsten Platz für eine Quinta in Funchal.«

»Leontina-Maria, es war Silvesternachmittag vor genau vier Jahren, an genau dieser Stelle, als Du mich fragtest, ob ich mit Dir Walzer tanzen möchte. Du sagtest damals: ›Ich bin eine Frau aus Fleisch und Blut, nicht eine Prinzessin aus einem wunderschönen Märchenbuch.‹ Dann zeigtest Du mir, wie man Walzer tanzt, ich zeigte Dir, wie man küsst, und wir beide konnten von beidem nicht genug bekommen. Vier Jahre lang nur küssen und ›Walzer tanzen‹ ist nicht mehr genug für mich – auch nicht mehr für Dich. Ich begehre Dich so sehr, sehne mich danach, Deinen nackten Körper endlich berühren zu dürfen. Und ich weiß, Du willst es auch, denn sonst würdest Du Deine Brüste nicht so an mich pressen, wie gerade eben. Wir heiraten in vier Wochen mit kirchlichem Segen – oder ich muss Dich zur Frau machen, ohne dass der Pater zuvor sein Einverständnis dazu gab.«
»Vier Wochen sind zu kurz, Filipe, für die vielen Vorbe-

reitungen, Einladungen, Hochzeitskleid und was weiß ich noch, was zu tun ist, wenn Leontina-Maria heiratet.« »Ich sagte, vier Wochen will ich noch warten, aber keinen Tag länger. Also wenn Du Wert darauf legst, unschuldig vor den Traualtar zu treten, dann beeil Dich, meine schöne rothaarige selbstbewusste freiheitsliebende Prinzessin.«

1910

Die Hochzeitsgäste in ›Tinas Haus‹ sind abgereist, nur Emilie bleibt noch für zwei,drei Wochen. Allerdings zog sie nach Manorhouse Quinta um. »Junges Glück sollte auf seinen ersten gemeinsamen Entdeckungsreisen ungestört bleiben«, waren ihre Worte, als sie sich von Leontina verabschiedete. »Ich schau noch mal bei Euch rein, für ein oder zwei Tage, bevor ich wieder heimwärts reise.«

Ende Februar ist es so warm geworden wie im April. Leontina-Maria lädt Emilie vor ihrer Rückfahrt nach England zu einem Ausflug nach Machico ein. Emilie liebt romantische Geschichten über alles, das weiß Leontina-Maria noch aus den Londoner und Pariser Wochen mit ihr, sie wird ihr damit eine riesige Freude bescheren. Die Küstendampfer verkehren regelmäßig mehrmals täglich zwischen Funchal und dem Norden der Insel – über Arco de Sao Jorge, Santana und Machico führt die Route. Es ist einer dieser sonnigen milden Tage im frühen Jahr, in denen das Herz, die Seele und die Sinne unendlich weit werden. Die beiden Frauen sprechen lange Zeit nichts, denn jedes Wort wäre zu viel für diese gigantischen Momente, die sich ihnen bieten, diese wilde Kulisse, die sich vor ihren Augen auftut, diese im Gegenlicht bizarrsten Umrisse der Steilküste.

»Machico, Emilie, ist der älteste Ort Madeiras. Hier, an dieser Stelle, wo heute die Kapelle steht, so erzählt man, fanden 1419 Zarco und Teixeira, die ›offiziellen‹ Entdecker Madeiras, die nicht weit von hier mit ihren Schiffen gelandet waren, ein Holzkreuz mit einer Inschrift, die besagte, dass schon 1346, im Jahrhundert zuvor, Menschen hier gewesen waren – Robert Machim und seine Geliebte Ana d'Arfet, oder auch Anne Dorset mit Namen. Die Inschrift sagte weiter, dass das Liebespaar aus England geflohen war und der Wind oder das Schicksal es hierher verschlagen hatte. Die Eltern Anas hatten die Liebe ihrer Tochter zu einem ›Nicht-Standesgemäßen‹ verboten, und eine Zwangsverheiratung mit einem ihnen würdig erscheinenden Mann stand kurz bevor. Also flohen die Liebenden, unter Mithilfe weniger eingeweihter Freunde, bei Nacht und Nebel mit einem Boot aus England. Ana starb bald nach ihrer Ankunft auf Madeira an Erschöpfung. Roberts Herzeleid war so groß, dass er Ana wenige Tage später in den Tod nachfolgte. Die Freunde begruben auch ihn und errichteten das Holzkreuz, auf dem sie noch baten, dass man eine Kapelle bauen möge an eben dieser Stelle, wo Ana und Robert ihre letzte Ruhestätte gefunden hätten. Dann verließen sie die Insel wieder. Zarco und seine Männer erfüllten den Wunsch der treuen Freunde und errichteten eine Kapelle über der Grabstätte der Liebenden. Dieses ursprüngliche Gebäude wurde im 16. Jahrhundert durch Feuer zerstört. Der zweite Bau fiel dem Hochwasser von 1803 zum Opfer. Ein amerikanischer Seemann fand die von den Wassern fortgeschwemmte hölzerne Christusfigur, im Meer treibend, Tage später wieder. Wie immer es auch ist, man betrachtete es als Wunder, und die neu errichtete Kapelle wurde 1815 dem wundertätigen Christus gewidmet. Diese Christusfigur hängt heute über dem Altar. Robert Machim – Machico? Vielleicht heißt der Ort nach ihm, und die wunderschöne Liebesgeschichte hat sich tatsächlich ereignet.«

»Oh, wie ich solche Geschichten liebe, Leontina-Maria, Leomary, eben weil sie so traurig sind – und weil es nur so die ›ewige unsterbliche große Liebe‹ gibt. ›Love-stories with happy-end‹ are great – but not for long. Und die allermeisten davon enden früher oder später in Separation. Wo bleibt da die Romantik? Wer mag sich der anfänglichen ›Liebesgeschichte mit glücklichem Ausgang‹ überhaupt noch erinnern, wenn der schließlich endgültige Ausgang die Trennung ist – so oder so? Trennung, entweder radikal von Tisch und Bett oder, und das ist, finde ich, noch schlimmer, die innere Trennung, bei der man so tut, als ob alles wunderbar wäre, obwohl man doch in Wirklichkeit schon ganz weit weg ist.«

»Das sind aber schöne Aussichten für meine gerade mal drei Wochen alte Ehe, Emilie.«

Der Küstendampfer am Nachmittag zurück nach Arco tanzt auf den Wellen. Kräftige Windböen jagen die Gischt hoch über die Reling, auf die Planken des mehr nach größerem Boot als nach Passagierschiff aussehenden Dampfers. Die beiden Ausflüglerinnen sitzen in der kalten feuchten Kajüte und wärmen sich aneinander. Außer ihnen, dem Steuermann und einem düsteren Gesellen, der wohl ein Gehilfe ist, scheint niemand an Bord zu sein. Der Himmel zieht zu, schwarze regenbeladene Wolkenungeheuer schieben sich voran. Der Wind pfeift durch die Ritzen. Die Gläser der Kabinenfenster, blind geworden durch die an ihnen fest haftenden Schichten von Meersalz, lassen keinen klaren Blick nach draußen dringen.

»Gespenstisch.« Emilie erschaudert. »Wie auf dem Schiff des ›Fliegenden Holländers‹.«

»Senhoras y Senhores, freuen Sie sich nun auf Richard Wagners Oper ›Der Fliegende Holländer‹ in der Inszenierung des ›Teatro alla Scala di Madeira‹. Genießen Sie dieses meisterliche Bravourstück in allen seinen Ton-, Laut- und Farbnuancen – diese Oper, die von Anbeginn der Schöpfung an ein immer währender grandioser Erfolg ist.« Leontina-Marias theatralische Sprache, dazu ihre dramatische Gestik, bringen Emilie zum Lachen und nehmen ein wenig von dem Unbehagen, das sich bei ihr eingeschlichen hatte.

»Vor vierhundertneunzig Jahren, im Jahr 1420, ein Jahr also nach der Landung Zarcos und Teixeiras an Madeiras Küste in Machico, begann die Besiedlung der Insel, Emilie. Sie wurde in zwei Verwaltungsgebiete aufgeteilt, so genannte ›capitanias‹, mit Machico als Regierungssitz im Norden, Funchal war der Sitz der Regierung im Süden. 1450, bereits dreißig Jahre später, erhielt Machico den Status einer ›Vila‹, einer Kleinstadt, aufgrund seiner wichtigen Stellung in der Geschichte Madeiras.«

»Leomary, Du weißt viel über die Insel. Du musst Dein Madeira wohl sehr lieben.«

»Es ist doch mein Zuhause, Emilie! Hier baute Leon ›Tinas Haus‹! Wie könnte ich es da nicht lieben?«

1912

Die Schwangerschaft gestaltet sich schwierig und Leontina-Maria muss viel liegen, tanzen ist verboten, und die Tanzstunden in ›Tinas Haus‹ wurden auf unbestimmte Zeit ausgesetzt.

»Zum Glück schickte uns Manorhouse Quinta auch Bücher, die Du noch nicht verschlungen hast, Tochter.«

»Geschickt, sehr geschickt ist eine so komplizierte Schwangerschaft, Mutter. So komme ich wenigstens in der Weltgeschichte herum mit all den Reisetagebüchern berühmter Leute. Wieso reisten eigentlich stets nur Männer in der Welt umher und schrieben ihre Abenteuer auf? Warum war keine Frau so mutig, es ihnen gleich zu tun?«

»Frauen werden schwanger, bekommen ihre Kinder und ziehen sie groß. Wo, mein Kind, wollen sie da noch mehr Abenteuer? Für manche Frauen gestaltet sich die Aufzucht ihrer Nachkommen abenteuerlicher als eine Reise durchs wilde Kurdistan. Ich weiß, mit dieser Antwort bist Du nicht zufrieden, Leontina-Maria. Sicher gab es Frauen, die sich die Welt genauer ansahen, wahrscheinlich an der Seite eines Mannes, bloß wissen Du und ich noch nichts von ihnen. Bestimmt hielten auch sie ihre Reiseerlebnisse in Tagebüchern fest, und vielleicht wurden einige davon veröffentlicht, doch hier in Madeiras Norden danach zu suchen, dürfte wohl völlig sinnlos sein, ebenso in Funchal. Johnny könnte danach suchen, wenn er sich mal wieder in Lissabon aufhält. Er würde sich freuen, für Dich etwas tun zu dürfen. Oder natürlich Emilie! Londons Buchhändler werden keine ruhige Minute mehr haben, solange Emilie nicht ganz zufrieden ist mit den Schätzen, die sie für Dich auftreiben konnte.«

Claudino kommt am Silvesternachmittag zur Welt. Die Hebamme legt den kräftig schreienden Sohn dem Vater in die Arme mit den Worten:

»Keine Sorge, das mit der Glatze wird sich noch geben, Filipe. Der feine Flaum auf dem Köpfchen zeigt, dass dem Jungen rote Lockenhaare wachsen werden. Er ist ganz der Sohn seiner Mutter.«

»Also hat meine schöne Prinzessin einem Prinzen das Leben geschenkt. Dann muss ich nur zusehen, dass ich dem Prinzen ein Schloss baue.«

»Das dürfte Dir nicht schwer fallen, Filipe, bei Deinem Gespür für gute Geschäfte.« Die Hebamme lacht aus vollem Herzen. »So, nun geh zu Deiner Märchenprinzessin, und sag ihr, was Du vorhast!«

»Fast auf die Stunde genau, Leontina-Maria, vor sieben Jahren sagtest Du mir, dass Du eine Frau aus Fleisch und Blut wärst. Lange musste ich warten, bis ich den Wahrheitsgehalt Deiner Aussage überprüfen durfte. Dann wartete ich wieder eine lange Zeit auf das Ergebnis meiner Überprüfungen. Also, das kann ich Dir sagen, das nächste Resultat wird nicht so lange auf sich warten lassen, meine Schöne.«

1914

Februar. Der funkelnde Smaragd schwimmt im saphirblauen Meer. Ein kristallklarblauer Himmel schickt kühle Frische und die Sonne diamantene Strahlen. Ihre rotgoldenen Locken bedecken die frisch bezogenen weißen Kissen. Ihr Bett wurde ans Fenster gerückt. Leontina-Maria hält Leandro in den Armen. Neugeboren. Dunkelhaarig. Schlafend.
»Filipe, darf ich Dir Deinen zweiten Sohn vorstellen?«

1915

»Leontina-Jacinta, ich dachte schon, Du wolltest nicht kommen in Dein Haus, Du wolltest ›Tinas Haus‹ nicht. Gut, dass Du es Dir anders überlegt hast. Tina, Deine Urgroßmutter, wäre enttäuscht gewesen. Draußen auf der Veranda warten Dein Vater Filipe und Deine Brüder Claudino und Leandro. Möchtest Du sie kennen lernen? Und Deine Großmutter Leontina? Sie wird Dich mir gleich wegnehmen wollen, um Dir das ganze Haus und die Gärten zu zeigen. So sehr bist Du willkommen, meine Tochter, so sehr.«

1916

Krieg beherrscht die Welt. Auch auf Madeira sind die Auswirkungen, zwei Jahre seit dessen Beginn, nun zu spüren. Madeiras Mutterland Portugal hat sich mit England und Frankreich gegen Deutschland verbündet. Deutsche Waren, Schiffe und Gebiete Deutscher in Portugal werden von der portugiesischen Regierung beschlagnahmt. Deutschland erklärt Portugal den Krieg.
Der Weinexport stagniert. Auch der Import von teilweise lebenswichtig gewordenen Gütern liegt am Boden. Handelsschiffe aller Welt haben mit enormen Schwierigkeiten zu kämpfen bei ihren Versuchen, die Seeblockaden zu durchbrechen. Nicht jeder Versuch gelingt. Oft drehen die Schiffe wieder ab.
Am 5. Dezember versenkt ein deutsches U-Boot im Hafen von Funchal ein französisches Kriegsschiff, das dort vor Anker lag, zwei weitere englische Schiffe versenkt es in der Bucht von Funchal und beschießt die Stadt. Landbatterien schlagen das U-Boot in die Flucht.

Nichtsdestotrotz wird eine Straße von Funchal in den Norden der Insel gebaut. Sie windet sich hoch auf den Encumeada-Pass, hinüber, hinunter bis nach Sao Vicente. Nun endlich können also auch Fahrzeuge zwischen Süden und Norden verkehren. Ochsenkarren, Pferdewagen, Kutschen und: Automobile! Das erste davon wurde bereits 1904 in Funchal eingeführt, doch auf die andere Seite der Insel konnte es nie gelangen, und die wenigsten Madeirenser aus dem Norden kamen bis in die Stadt und hatten dazu dann noch das Vergnügen, den Spaß, das große Staunen ein solches (!) Gefährt auf den Straßen Funchals fahren zu sehen.

»Vielleicht wird der Straßenplan, den José Silvestre Ribeiro bereits in den 1850er-Jahren für die gesamte madeirensische Insel entworfen und ausgearbeitet hat, nun endlich verwirklicht, Filipe!«

»Lassen wir den Krieg erst mal zu Ende gehen und Portugal und Madeira wirtschaftlichen Aufschwung nehmen, weil unsere Weine wieder hinaus in alle Welt verschickt werden. Lassen wir genügend Geld vorhanden sein für ›Luxus‹. Ja, dann, meine schöne Prinzessin Leontina-Maria, könnten möglicherweise Straßen gebaut werden. Dann kaufen wir uns ›Deinen Talbot‹ oder was immer Dir für ein Automobil gefällt, und Du zeigst mir, wie ich es zu fahren habe. Und wir packen unsere drei Kinder und Leontina in den Wagen und fahren mit ihnen kreuz und quer über die Insel; und Du löst die Spangen aus Deinem Haar und lässt Deine rotgoldenen Locken flattern im Fahrtwind. Und …«

»Und die Leute in Arco werden sagen: ›Seht nur her, wie weit *Leon und Tina* es gebracht haben!‹ Und wir müssen Pater Paulo nach der Sonntagsmesse zu einer Spazierfahrt einladen.«

1919

»Dein Bruder Johnny kommt zurück nach Madeira,
Leontina-Maria! Er schreibt, jetzt, da der unsinnige
Krieg zu Ende ist, wolle er seinen Traum verwirklichen,
ob es gut gehe, wisse er nicht, doch hätte er in den Jahren
in Estoril sehr aufmerksam das Hotelwesen beobachtet,
viel gelernt hätte er und studiert. Erfahrungen aller Art
– negative und positive – gesammelt. Er glaubt, die
Voraussetzungen – das Wissen und Können – zu haben,
ein eigenes Hotel zu eröffnen. In Funchal soll es stehen.
Am Hang. Etwas oberhalb des Convento Santa Clara.
›Es wird einen hübschen kleinen Park haben, Mama.
Dreißig großzügige Zimmer mit Bad und Toilette und mit
Balkon zum Meer. Die Pläne habe ich schon entworfen.
Auch gibt es eine private Wohnung für mich, und für
Euch alle natürlich ganz oben die letzte Etage, mit einer
Dachterrasse zum Garten hin und zum weiten blauen
Ozean, so könnt ihr in Funchal über Nacht bleiben, wann
immer ihr wollt. Ach ja! Ein schönes Grundstück habe
ich in Aussicht: Ein Gast, der zur Kur in Estoril weilte,
möchte seinen Besitz auf Madeira verkaufen, unter
anderem auch einen Bananenhain bei Santa Clara.‹
Willst Du mich morgen oder übermorgen begleiten,
Leontina-Maria, damit wir uns den Bananengarten in
Funchal ansehen? Und wenn wir schon in der Stadt sind,
gehen wir in einen Modesalon und kaufen uns hübsche
neue Kleider, Schuhe und Röcke und Blusen, vielleicht
auch hübsche Unterwäsche aus Seide oder Batist, diese
modernen Hemdhosen würden mir zum Beispiel gefallen. Und das altmodische schwere dicke Zeug aus Leinen
geben wir Pater Paulo für die Bedürftigen unter seinen
Schäfchen. Nach dem Einkauf setzen wir uns im Reid's
Palace Hotel auf die Terrasse und trinken Tee, sehr stil-
voll, very British, very English – ›afternoon-tea‹. Große

Hüte sollten wir dazu tragen, Strohhüte wären bei der Sommerhitze in Funchal angebracht – die kaufen wir ebenfalls im Modesalon. Wie gut, dass Dein Großvater Leon klug und weitsichtig war und sich mit Henry B. Williams geschäftlich zusammengetan hat, so konnten Manorhouse und Leon's gemeinsam alle Schwierigkeiten und gelegentliche Rückschritte in der Vergangenheit gut bewältigen und überdauern. Und wie gut, in jeder Hinsicht, dass wir auch familiär verbunden sind – und Peter Douglas, Dein Vater, auch noch das Schönste uns ins Haus brachte: die Musik. Nun haben wir gute Grundlagen, finanzielle und musische. Wir können uns den Tee auf der Terrasse des Reid's Palace leisten.«
»Trotzdem, liebe Mama, müssen wir am frühen Abend den letzten Küstendampfer noch erwischen, der uns wieder zurück nach Arco nimmt!«

1922

Der Frühsommertag ist wie geschaffen für die Eröffnung der ›Quinta Bemvindos‹. Sonne, ein leichter Wind vom Atlantik, heiteres leichtes Leben. Am Flügel in der Eingangshalle sitzt Johnny und begrüßt musikalisch seine Gäste, die Freunde aus der Zeit in Estoril und Lissabon, englische, madeirensische Verwandte, Bekannte und Freunde aus Funchal, von der Insel, ›Manorhouse Quinta‹-Vertraute, aus ›Tinas Haus‹ Liebstes – seine Wurzeln. ›Johnny, kleiner Bruder!‹ hört er noch immer seine Schwester in Gedanken rufen.
»John, großer Bruder«, sagt Leontina-Maria zur Begrüßung.
Die Eifersucht auf Filipe, den Mann an der Seite seiner Schwester, spürt Johnny heute nicht mehr in seinem

Herzen brennen, eher etwas wie Dankbarkeit ist da –
Dankbarkeit ihm gegenüber, ihm, der damals die Ur-
sache seiner tiefen Befremdung daheim in ›Tinas Haus‹
war, der Grund seiner Flucht nach Estoril. – ›Ohne
Filipes Allgegenwärtigkeit nach meiner Heimkehr aus
dem Internat in Lissabon hätte ich dieses alles hier nie
erreicht.‹

Immer neue Gäste treffen im Hotel ein – und im Hafen
von Funchal ein Schiff aus Lissabon, sehnlichst erwartet
von Johnny, persönlich holt er dessen wertvolle Fracht
mit seinem Wagen ab. »Mama, Schwester, darf ich Euch
Candida vorstellen?«
»John hat mir schon so viel von Ihnen allen erzählt und
von ›Tinas Haus‹. Am meisten sprach er aber über Sie,
Senhora Leontina-Maria, über Ihre Kreativität im Tanz,
die eigene Musik, über diese besondere Gabe, Ihre
Bewegungen eins werden zu lassen mit Ihren Melodien,
dieses von allem Losgelöste, das, wie John mir sagte, sich
auf ihn übertrug, allein schon wenn er Sie tanzen sah,
und ihn forttrug in eine andere Welt, wenn Sie mit ihm
tanzten. Machen Sie noch immer Ihre Frauen-Tanz-Tage
in ›Tinas Haus‹?«
»Ich will es bald wieder anfangen nach einigen Jahren
des Aussetzens, in denen drei Kinder, die beschlossen
hatten, zur Welt zu kommen, nacheinander in ›Tinas
Haus‹ Einzug hielten.«
»Kinder und Karriere – für Männer kein Problem. Wir
Frauen stehen jedoch vor der Wahl: Kinder oder
Karriere. Wissen Sie, Leontina-Maria, ich bin gerade am
Anfang meiner, so hoffe ich, noch großen Bühnenerfolge.
Würde ich als Opernsängerin nun mehrere Jahre lang
pausieren müssen, weil Kinder kommen wollen, dann
wäre es wohl vorbei. Kleine Erfolge vielleicht noch, ja,
aber der wirkliche Durchbruch, die große Karriere käme

mit Sicherheit nicht mehr. Können Sie mich verstehen, wenn ich, so sehr ich John auch mag, nicht heiraten will? Oder könnte ich ihm sagen: Heirat ja, Kinder aber nie? Wahrscheinlich würde er es nicht verstehen, ist doch die ›große Liebe‹ stets verbunden mit Ehe, und aus einer intakten, funktionierenden Ehe gehen eben auch Kinder hervor.«

Spät am Abend, die Gäste sind gegangen – auf Ihre Zimmer in Johnnys wunderschöner Quinta die einen, die anderen in ihr Zuhause in Funchal oder der näheren Umgebung –, sitzen die engsten Verwandten Johnnys, bevor auch sie sich auf ihre Zimmer im Privatbereich zurückziehen, noch auf der Dachterrasse beisammen. George Williams, der vierundsiebzigjährige Seniorchef von ›Manorhouse Quinta‹, der es sich nicht nehmen ließ, trotz Gicht und schmerzender Knochen zur Einweihung der Quinta ›Bemvindos‹ zu kommen, erhebt sein Glas und gratuliert Johnny noch einmal.

»Wir, Deine englische Linie – und ich spreche da auch im Namen der Douglas Familie – sind sehr stolz auf Dich, mein Junge. Sehr schön. Sehr schön. Wir wünschen Dir großen Erfolg. Cheers! Sehr schön. Sehr schön. Aber nun verrate uns mal, Junge, was für ein teuflisch chices Automobil Du da fährst?«

»Du meinst die Hotel-Limousine, lieber Onkel, die vor dem Eingang steht? Es ist ein Bugatti Brescia 23, Baujahr 1921, ein Cabrio Roadster, bekannt auch unter der Bezeichnung T23 Bugatti, linksgesteuert, vier Ventile pro Zylinder, mit Vier-Gang-Getriebe und bietet Platz für vier bis fünf Personen.«

»Alle Achtung, mein Junge, alle Achtung. Es hat Stil, wie Du ins Hotelgeschäft einsteigst. Das Automobil in den Farben des Hauses – weiße Karosserie, grüne Lederpolster, sehr geschmackvoll – und wohl sehr bequem darin

zu sitzen? Meinst Du, ich könnte Deinen Chauffeur morgen zu einer kurzen Spritztour mit mir verleiten?«
»Aber Dad«, regt sich Liz, seine besorgte Tochter, auf, »Daddy! Doch nicht mit Deinen kranken Knochen! Und der Gicht!«
Ärgerlich winkt George Williams ab. »Ach was! Gerade deshalb!«

1924

›Tinas Haus‹ liegt friedlich im Mittagsschlaf an diesem warmen Julisonntag. Dicht geschlossen sind Fenster und Fensterläden, die Gardinen zugezogen, damit ja die Kühle im Herrenhaus bewahrt bleibt.
Der Weinverkauf floriert endlich wieder nach einer Zeit der Rezession in den Nachkriegsjahren. Im Weinkeller gab es viel zu tun in den vergangenen Monaten. Alle sind müde von der Arbeit und von der seit Tagen schon andauernden schwülen Hitze.
An der Küste entlang von Sao Vicente in Richtung Santana wird eine Straße gebaut. Fels muss weggesprengt werden. Bergab, bergauf. Tunnels gebohrt. Durchbrüche gemacht. Körperliche Schwerstarbeit immer noch. Militär und Zivilbevölkerung werden dazu herangezogen. Seinen Beitrag hat hier jedermann zu leisten, sei es von fünf Arbeitstagen jährlich im Straßenbau oder in Form einer Straßengeldsteuer. Bis nach Arco de Sao Jorge, und noch ein wenig darüber hinaus, ist dieses Wunderwerk nun befahrbar.
»Tüüt, tüüüt, tüüt, tüüt«! Erschrocken laufen die Leute von Arco auf den Kirchplatz – schlaftrunken, verstört, aus den Träumen, aus der sonntäglich-heiligen Mittagsruhe gerissen. Jäh beendet ist die friedvolle Stille.

»Senhora do Monte!« »Gütiger Himmel!« »Das ist der Anfang!« »Ja, Alte, das ist der Anfang, Du hast ganz recht, der Anfang von wenigstens ein wenig Fortschritt, ein klein bisschen leichteres Sein!«

Filipe hat sein Versprechen gegenüber Leontina-Maria wahr gemacht: Er kaufte ein Automobil – zwar nicht einen ›Talbot‹ – und auch nicht, dass Leontina-Maria ihm gezeigt hätte, wie man ein Automobil fährt. Verschwiegen und heimlich suchte er es aus, zusammen mit Johnny, bestellte es und lernte damit fahren in Funchal. Ganz Arco steht Kopf. In ›Tinas Haus‹ vergisst man das Abendessen.

»Es ist ein Delahaye 107 M Coupe Chauffeur. Baujahr 1923. Lenkung links.« Filipe betont jedes einzelne Wort. »Platz für vier bis fünf Personen. Na ja, vielleicht etwas eng, wenn sechs darin sitzen wollen?«

1925

Mal ist sie sich selbst, die Sonne, mal ist sie Vollmond – feine Wolkenschleier machen dieses Wechselspiel; einmal gleißend hell sticht sie in die Augen, einmal großer weißer Vollmond lässt die Septembersonne sich betrachten.

Filipe wartet mit dem Wagen im Hafen von Funchal auf das Eintreffen des Schiffes aus Lissabon, das ihm Leontina-Maria zurückbringt. Unter all den Menschen, die an der Reling sich drängeln, darauf warten, dass die Gangway angelegt wird und sie von Bord können, ist Leontina-Maria gut auszumachen mit diesen leuchtend rotgoldenen Haaren. Selbstbewusst geht sie die Gangway hinunter, hat Filipe auch gleich schon entdeckt, der lässig wie ein Dandy sich an die Karosserie des Delahaye lehnt. Begehrenswert erscheint sie ihm und er wünscht sich in diesem Augenblick, er wäre mit ihr allein in einem riesig großen Himmelbett.

»Oh nein, wir werden kein viertes Kind heute zeugen, Filipe! Ich kenne Deinen besitzergreifenden Blick auf meine Schenkel. Nein, nein. Weißt Du, wie sehr ich diese Woche in Lissabon genossen habe? Frei sein, ohne Zeit- und sonst was Plan. Das jüngste der Kinder, Leontina-Jacinta, nun auch aufgenommen im Pensionat. Die Konzerte, die Theater, die Opernaufführungen. Bummeln, mich einfach im Wind treiben lassen am Strand. – Candidas große Stimme habe ich in diesem Jahr vermisst in der Oper. Du weißt, sie hat ein Engagement über eine Saison lang in Paris bekommen?«

Sie bleiben über Nacht bei Johnny in der Quinta Bemvindos.

»Und wie war es in Lissabon, Schwester? Hast Du wieder alle Geschäfte leergeplündert?«

»Hat sie, Johnny, hat sie! Bis unters Dach vollgestopft ist das Automobil mit Schachteln, Taschen, Koffern.«

»Schachteln! Da fällt mir ein, Filipe, gibst Du dem Boy bitte diese lange weiße Schachtel mit der grünen Schleife und auch die blaue Reisetasche noch mit, er soll alles nach oben in die Wohnung bringen. Johnny, darf ich mir ein Glas Champagner in Deiner Bar bestellen? Ach ja! Können wir zusammen zu Abend essen? In Deinem Restaurant? Ich hoffe, es gibt für uns drei noch einen hübschen Tisch – wenn es geht, möglichst in der Mitte des Speisesaals.«

»Ja … aber …, Leontina-Maria, Du willst doch sonst immer lieber oben privat auf der Terrasse sitzen …«

»Heute nicht, großer Bruder, heute nicht.« Damit verschwindet sie in der Bar.

»Oh, ich kenne diesen Blick von ihr, Filipe, den hat sie

schon aufgesetzt, wenn sie mich als kleinen Jungen zum Tanzen verführen wollte und ich keine Lust dazu hatte.«

»Ich kenne ihn auch, Johnny! Das erste Mal sah ich diesen Blick bei ihr an jenem legendären Silvesternachmittag im Salon von ›Tinas Haus‹, als sie mich fragte, ob ich mit ihr tanzen wolle.«

»Filipe, ich sage Dir, sie führt etwas im Schilde, wir werden schon sehen. Aber gut, lassen wir das, ich sollte noch etwas mit Dir besprechen. Also es ist so, die Quinta läuft ausgezeichnet, fast ständig habe ich alle Zimmer belegt, und im Restaurant speisen nicht nur meine Hotelgäste, oftmals habe ich auch Leute aus Funchal hier zum Dinner. Nun, ich brauche eine zweite Hotel-Limousine. Es gibt nicht nur die Gäste, die ich mit dem Wagen bei ihrer Ankunft auf Madeira im Hafen abholen lasse, des Öfteren wurde schon angefragt, ob ein ›Courtesy-Automobil‹ fährt, das Gäste zum Dinner oder Tee oder Lunch von zu Hause abholt und dann auch wieder zurückbringt. Diese Dienste biete ich gerne mit an – nur, mit einer einzigen Limousine geht das eben nicht. Mein Kaufinteresse haben zwei Automobile: ein gebrauchter Packard Six 116, Baujahr 1921, bietet für bis zu sechs Personen Platz, und ein rechtsgelenkter Crossley 14 hp V Screen Saloon, funkelnagelneu, wurde erst in diesem Jahr gebaut und hat Platz für vier bis fünf Personen. Der Crossley hat übrigens schon die Farben der ›Quinta Bemvindos‹: dunkelgrüne Karosserie und weiße Lederpolsterung. Was meinst Du, Filipe, welchen Wagen sollte ich nehmen?«

»Nimm das Baujahr 1925 – nimm den neuen Crossley, alt und gebraucht wird er von ganz alleine, Johnny.«

Ein Raunen geht durch den Speisesaal, als Leontina-Maria am Arm von Filipe durch die gläserne Flügeltüre tritt. Diskrete Blicke werden dem schönen Paar zugeworfen, mitunter auch ganz unverhohlene, dann bleiben

aller Leute Augen an Leontina-Maria hängen – an ihren bei Kerzenlicht mehr rot als golden leuchtenden Locken, an diesem extravaganten engen Kleid in der Farbe ihrer Haare, an ihrer hellen Haut, den grün-blauen Augen.
›Das ist es also, was sie im Schilde führte, und darum auch der Tisch in der Mitte des Speisesaales!‹ Johnny beobachtet die gekonnte Inszenierung seiner Schwester, Leontina-Marias großen Auftritt. ›Ja, sie sollte das hin und wieder machen, sie braucht das, es tut ihr gut! Ein großer Bühnenstar wäre sie wohl geworden.‹

1926

Militärputsch im Mutterland Portugal – zuerst war da das Ende der Monarchie: Immer lauter hatten die Menschen die Abschaffung des Königshauses und die Umgestaltung Portugals zu einer Republik gefordert, nach und nach auch unterstützt vom Militär. Am 5. Oktober 1910 ist es so weit, die Republik wird ausgerufen. In den darauffolgenden Jahren gibt es Konflikte und Aufstände ohne Zahl, fünfundvierzigmal einen Regierungswechsel, bis dieser Militärputsch nach sechzehn Jahren die so genannte 1. Republik beendet.
Putsch in Portugal. Militärdiktatur. Auch für Madeira.
Der Wirtschaftsprofessor Antonio de Oliveira Salazar wird zunächst Finanzminister. Eine faschistische Diktatur nimmt ihren Lauf.

1928

Zu allen Jahreszeiten ein Tummelplatz der Schönen und Wohlbetuchten, der Prominenten und Noblen, des Adels und der Müßiggänger ist der Süden Madeiras, die Gegend um Funchal, um Monto, der dortige Küstenstreifen. Ein ganz besonderes ›Stelldichein‹ gibt man sich dort zu Silvester.

Johnny lädt die ›Crème de la Crème‹ seiner nationalen und internationalen Gäste zum Jahreswechselfest in die ›Quinta Bemvindos‹.

Die Damenwelt trägt große Mode – den letzten Schrei aus den Metropolen der Welt. Gekonnt perfekt sind die glamourösen Auftritte der Schönen inszeniert:»Küsschen, meine Liebe, wie reizend, Sie zu treffen! Traumhaft sehen Sie wieder aus! Um kein Sekündchen älter geworden! Wie machen Sie das nur!?« Falsche Töne werden meisterlich geflötet, falsches Lächeln herzzerreißend gelächelt. Die Rocksäume rutschten höher, umspielen nun die Damenknie – hübsche Knie weiter oben, weniger attraktive weiter unten. Schmale Silhouetten, Bubiköpfe, weiße Strümpfe, flache Brüste. Keine Mieder mehr, nicht mehr eingeschnürt! Auch keine ›langen dummen Röcke, die nur im Wege sind!‹, wie Leontina-Maria sich oft beschwerte. Der unendlich lange Weg zum Ziel der Freiheit für die Frauen auf der ganzen Welt scheint wieder ein winzig kleines Stückchen kürzer geworden – oder ergeht es ihm eher ähnlich wie den Rocksäumen: mal kürzer, mal länger, mal erneut ganz lang? Den modebezogenen Damen ist dieser Weg jedoch völlig egal. Küsschen, Ihr Lieben! Traumhaft seht Ihr heute wieder aus! ... um kein Sekündchen gescheiter geworden! ... geschmückte Köpfe, Hüte, Stirnband, Federn! Schimmernde Seidenstrümpfe, hohe Absätze, gerade geschnittene Kleidchen aus zartem Batist. Reich bestickte Tuniken mit Perlen, Steinen, Strass. Bis zum Boden reichen die Boas aus Straußenfedern, die Weißfuchsstolen. Perlenketten bis zum Rocksaum – mehrmals um den schönen schlanken Hals geschlungen, zwei Meter lang und länger. Zigarettenspitzen haltend dekorieren die Damen von Welt die Salons der Quinta Bemvindos. »Wie reizend, Sie zu treffen heute, meine Liebe! Küsschen!«

1929

»Senhora Leontina-Maria, der Senhora Leontina geht es nicht gut. Bitte kommen Sie mit mir in die alte Kelter. Ich habe der Senhora gesagt, dass ich Hilfe hole. Fatima aus dem Waschhaus ist bei ihr; wir wollten Ihre Mutter auf einem Hocker Platz nehmen lassen, aber sie kippte vornüber, ich konnte sie gerade noch auffangen, sonst wäre sie auf den Steinboden gefallen. Sie liegt jetzt auf der alten Holzbank.« Der Lehrjunge aus der Kellerei ist völlig außer Atem, so schnell ist er gerannt, um Hilfe für seine Seniorchefin zu holen.
Leontina-Maria erschrickt, als sie ihre Mutter sieht, die, den Kopf in Fatimas Schoß gebettet, mit wachsbleichem Gesicht ihr entgegenblickt. »Es ist nichts, Tochter, ich bin nur müde.«

Leontina sitzt am Kaminfeuer im Salon. Sie friert trotz des wollenen Umhangs und der knisternden Glut. »Es geht mir gut, Tochter, mach Dir keine Sorgen um mich, es ist nichts, nur der November, der nicht enden will, und die fehlende Wärme der Sonne; dieser tagelange Regen macht mich müde.«
Nach dem Abendessen bringt Leontina-Maria ihre Mut-

ter zu Bett, deckt sie warm zu. »Ich sehe später noch mal nach Dir, Mama. Brauchst Du noch etwas?«
»Ach, Kind, sei so gut und ziehe die Gardinen zurück und öffne die Fensterläden. Mach auch die Fenster weit auf. Nein, ich friere nicht mehr.«

In der Nacht weckt Leontina-Maria ihren Mann: »Es ist etwas Fremdes im Haus, Filipe. Ich glaube, es ist der Tod. Lass uns zu Leontina gehen.«

»Johnny, entschuldige, wenn ich Dich so früh schon aus dem Schlaf klingle. Unsere Mutter ist heute nacht zu unserem Vater gegangen.«
Johnny starrt auf den Telefonapparat, als ob er ihn noch nie zuvor gesehen hätte.

»Bitte schicken Sie mir meine Söhne nach Madeira, Senhore Profesor. Leontina, ihre Großmutter, ist verstorben.«

»Leontina-Jacintas Großmutter ist in der Nacht von uns gegangen, Senhora Lucia. Könnten Sie bitte im Internat meiner Söhne anrufen und veranlassen, dass meine Tochter zusammen mit ihren Brüdern auf demselben Schiff nach Madeira kommt?«
Leontina-Maria ist froh um die technische Errungenschaft eines Telefons in ›Tinas Haus‹.

Claudino trifft der Tod Leontinas mehr als alle anderen. Nahezu siebzehn Jahre war seine Großmutter ihm ›mehr Mutter‹ gewesen als Leontina-Maria. Es gab da etwas zwischen Enkel und Ahne, das mehr noch wog wie das verwandte Blut, das in ihren Adern floss. Und Leontina sah in dem Enkel, der die rotblonden Locken und die feingliedrigen Hände, die Empfindsamkeit, die Gedan-

111

kenflüge seines Großvaters besaß, stets Peter Douglas, ihren viel zu früh verstorbenen Mann. In Claudino entdeckte sie ihn immer und immer wieder.

Einige Tage nach der Beisetzung Leontinas gehen Leandro und Leontina-Jacinta wieder zurück in ihre Schulen nach Lissabon. Claudino darf bis ins neue Jahr hinein zu Hause bleiben. Er spricht nichts. Er sitzt nur am Flügel seines Großvaters und übt, immer dasselbe Klavierstück, übt bis zur Perfektion. Es ist sein siebzehnter Geburtstag, Silvester 1929, als er die Familie bittet, sich im Musikzimmer zu versammeln.

»Ich spiele es für Großmutter Leontina. Es war das Stück, das sie am liebsten mochte und das Großvater Peter so oft nur für sie alleine spielte. ›Einmal, wenn Du groß bist‹, sagte sie zu mir, ›und richtig gut Klavierspielen gelernt hast, werde ich mir wünschen, dass Du es für mich spielst.‹ Also spiele ich es heute für Euch und doch eigentlich nur für Großmama. Es ist das ›Andante‹ aus dem Klavierkonzert Nr. 21 von Wolfgang Amadeus Mozart.«

1931

Unter den Menschen auf Madeira macht sich allmählicher Unwillen breit. Immer mehr regt sich der Widerstand gegen die ›Hungergesetze‹, zornige Worte werden gesprochen gegen die Regierung, die den lukrativen Getreideimport in die Hände nur einiger weniger Händler legte. Das Mehlimportmonopol führt zur ›Hungerrevolte‹. Blutig wird sie niedergeschlagen von der faschistischen Militärdiktatur. Viele mutige Madeirenser werden auf die Azoren und die Kapverdischen Inseln deportiert in die Verbannung.

1933

»Mama, Papa – Leandro und ich würden gerne zusammen in Lissabon Rechtswissenschaft studieren. Ein Jurastudium ist sicher auch im Hinblick der vielfältigen Geschäfte, die unsere Familien betreiben, keine ganz abwegige Idee, es ist ja auch alles immer noch komplizierter und undurchsichtiger geworden mit den neuen Gesetzen im ›Estado Novo‹ des Herrn Ministerpräsidenten Salazar, mit Salazars neuer Verfassung in seinem ›Neuen Staat‹, mit den Formulierungen in Verträgen. Vielleicht werde ich den Notar anhängen …«
»Mein Bruder Claudino, liebe Mama, lieber Papa, will damit sagen, dass wir beide in Lissabon eine ›sturmfreie Bude‹ brauchen.«
»Eine ›sturmfreie Bude‹?! Heißt das auch, dass keiner von Euch auf den anderen ein Auge haben wird, Leandro?«
Leontina-Marias Stimme hat den Tonfall, den ihre beiden Söhne fürchten. »Filipe, sprich Du mit ihnen!«

Festa das Flores. Eine einzige Blütenpracht ist Madeira.
Blumenfest im Mai in Funchal.
Johnny eröffnet ein weiteres Hotel. Außerhalb der Stadt, westlich, auf einer Klippe über dem Meer. Ein subtropischer Garten umgibt die ›Quinta Atlantico‹ und lässt sie zur Oase der Sinneseindrücke werden. Johnny blieb seiner Linie treu, seinem erfolgreichen Konzept des kleinen luxuriösen Hotels, das Intimität und Privatsphäre bietet und außergewöhnlichen Service. Alle dreißig Zimmer sind am Eröffnungstag belegt. Wochen schon vor dem großen Ereignis wurden sie von Gästen aus aller Welt, die, eingeladen und gespannt auf das neue Haus, zum großen Tag anreisen, reserviert. Zwischen der Quinta Atlantico und der ebenfalls voll ausgebuchten Quinta Bemvindos, sowie der Fahrt zum Hafen zur Abholung

der Gäste, die erst am Tag der Eröffnung mit dem Schiff aus Lissabon eintreffen, sind vier Hotel-Limousinen im Einsatz.

»Den einen oder anderen Fahrdienst kann ich gerne übernehmen, Johnny, mein Wagen und ich stehen Dir jederzeit zur Verfügung.« Filipe wäre froh, könnte er für eine Weile dem ganzen Trubel entkommen.

»Leontina-Maria, darf ich Dir Senhora Paz de Sousa vorstellen? Paz, das ist meine Schwester, die die beiden Söhne hat, die in Lissabon eine so genannte ›sturmfreie Bude‹ brauchen, weil sie ›sonst die Juristerei nicht in Ruhe studieren können‹, wie sie ihren Eltern sagten. Also ich überlegte mir, da Du doch nun schon jahrelang alleine in diesem riesig großen Haus mitten in Lissabon wohnst und ich weiß, dass Dir Gesellschaft fehlt seit Daniels Tod, ob …«
»Ob ich die beiden jungen Herren unter meine Fittiche nehmen kann? Nun, Platz gibt es mehr als genug. Und Du hast ganz recht, Johnny, mir fehlt ›die Welt draußen‹. Ein klein wenig könnte ich damit ja auch noch meine Finanzen aufbessern. Gut, ja. Ja. Senhora Leontina-Maria, dürfte ich die angehenden Herren Studenten kennen lernen? Ich nehme an, sie sind im Garten bei den anderen jungen Hoffnungsträgern unserer Nation? Das hast Du aber wieder prima eingefädelt, Johnny! Diplomat hättest Du werden sollen, nicht Hotelier!«
»Meine liebe Paz, gute Diplomaten gibt es genug. Gute Hoteliers jedoch sind immer noch Mangelware!«

Miguel sieht nur noch Leontina-Jacinta, die Cousine dritten Grades, die er das letzte Mal vor vier Jahren sah, als ihre Großmutter Leontina zu Grabe getragen wurde. Damals war sie ein unscheinbares Mädchen mit langen dicken Zöpfen, die mit einem schwarzen Trauerband

geflochten waren, das in ihren dunklen Haaren kaum
auffiel. ›Achtzehn dürfte sie wohl sein‹, rechnet Miguel
nach. ›Still ist sie, nicht so lebhaft wie die beiden Brüder
von ihr, die draußen angeregt sich mit den anderen jungen Leuten unterhalten. Diese großen dunklen Augen,
die sie hat! In dem hübschen schmalen Gesicht mit dem
bronzefarbenen Teint. Wie sie im Halbschatten sitzt auf
dem Boden, mit gesenktem Kopf, die nackten Füße in die
Erde eingegraben. Großmutter erzählte mir oft von Tina,
die Leon geheiratet hat im Weinberg, mit den nackten
Füßen, die in der Erde steckten während der gesamten
Trauungszeremonie. Leontina-Jacinta ist ihre Urenkel-
in.‹ Miguel sieht nur noch Leontina-Jacinta. Miguel hat
sich Hals über Kopf verliebt. ›So viel älter bin ich als sie,
zweiundzwanzig Jahre älter! Was soll ein solch junges
Mädchen mit einem solch alten Kerl?‹ Da schaut Leontina-Jacinta auf und blickt direkt in Miguels Augen.
›Leon war auch über zwanzig Jahre älter als Tina.‹ »Darf
ich mich zu Dir setzen, Leontina-Jacinta?«, fragt Miguel.

1934

»Sie ist in den oberen Weingärten, Miguel!« Filipe gefällt
der Arzt, der der großväterlichen Seite Leontina-Marias
entstammt. ›Besonnen ist er. Belesen. Malt zum Aus-
gleich all der Krankheiten, mit denen er unter der Woche
zu kämpfen hat, Bilder vom Meer sonntags in seinem
Garten, falls er sich nicht gerade um den kleinen eigenen
Weinberg kümmert, um die Trauben, deren Saft seinen
Weinkeller füllen. Doch viel zu alt ist er! Viel zu alt für
ein so junges Mädchen wie meine Leontina-Jacinta, die
noch nichts von der Welt gesehen hat! Würde sie nur einmal wollen, einmal hinaus in die große Welt! Sie liebt das

Weingut, so wie Leon und Tina es wohl liebten. Sie liebt es anders als die anderen.‹ Filipe wird mit Miguel sprechen müssen. Und auch mit seiner Tochter.

›Viel Wein werden wir in diesem Jahr wohl nicht bekommen, aber es wird ein guter Jahrgang werden. Die Beeren schmecken nicht zu süß, sind aromatisch, und es bleibt dieser Nachgeschmack im Mund, der typisch für einen guten Sercial ist. Vielleicht sollten wir diesem Wein mehr Zeit geben zu reifen, wenigstens fünfundzwanzig Jahre oder dreißig. Nächste Woche beginnen wir mit der Lese.‹ Leontina-Jacinta setzt sich auf die Erde und gräbt die Füße in sie ein; nach getaner Arbeit will sie noch eine Weile hier sitzen bleiben und nachdenken. Nachdenken über Miguel. Schritte, die rasch näher kommen, lassen sie zusammenschrecken.

»Guten Abend, Leontina-Jacinta, darf ich mich zu Dir setzen?«

Sie nickt.

»Wann willst Du mit der Weinlese beginnen? Nächste Woche?«

Sie nickt wieder.

»Hast Du über uns nachgedacht?«

Sie schüttelt den Kopf.

»Dann muss ich also noch einmal ohne Deine Antwort nach Hause gehen?«

Sie nickt, und gleichzeitig schüttelt sie den Kopf.

»Was denn nun?«

Sie hebt etwas die Schultern und lässt sie wieder fallen.

»Nun reicht es mir! Wenn Du nicht sprechen willst, küsse ich die Antwort aus Dir heraus – ob Du es willst oder nicht!«

Leontina-Jacinta wurde noch nie von einem Mann geküsst – außer den beiden Brüdern, dem Vater und Onkel Johnny war keiner je ihrem Gesicht, ihren Wangen nahe gekommen. Einmal, im Mädchenpensionat, kursierten heimlich Fotos von sich küssenden Paaren: auf den Mund, Lippen auf Lippen gepresst – und eines der Mädchen, das zu der Zeit schon recht keck war, sagte: ›Der Mann schiebt dabei seine Zunge in den Mund der Frau.‹ Und Leontina-Jacinta musste sich übergeben. Nun kommen ihr die Fotos und diese Worte wieder in den Sinn – doch ihr ist nicht nach Erbrechen zumute, ganz und gar im Gegenteil, sie wünscht sich, Miguel würde sie so küssen. Und dann tut er es. Und als er damit aufhören will, sagt sie: »Die Antwort heißt ›Ja‹! Küss mich weiter.«

Miguel bittet noch an diesem Abend Leontina-Maria und Filipe um die Hand ihrer Tochter.

»Hast Du Dir das wirklich reiflich überlegt, Kind?«, fragt die Mutter.
»Leon war einundzwanzig Jahre älter als Tina. Und war es nicht eine wundervolle Ehe, so wie heute noch über die beiden erzählt wird? Warum also soll ich Miguel nicht heiraten?«

›Wenn der Wein gelesen, der Saft der Trauben in den Fässern, wenn die Winterruhe vorüber und Weinblüten duften erneut in den Gärten, dann …‹ Leontina-Jacinta malt sich die Liebe aus mit Miguel – wie seine dunklen Augen sie verzehren, wie sie ihre Hände in sein dichtes schwarzes Haar versenkt, wie er ihre Brüste küsst, wie sein hochgewachsener drahtiger Körper ihre Zartheit bedeckt.

Leontina-Jacinta steuert Miguels Cabriolet – ein gut ausgerüsteter stabiler und leistungsstarker Terraplane, Baujahr 1933, der für den Transport von Patienten genauso geeignet ist wie für die abenteuerlichen Straßen auf der Nordseite – nach Ponta Delgada zum Haus des Arztes. Zum ersten Mal fährt Leontina-Jacinta mit Miguel dorthin.

Von der Straße her sieht man nur ein rot gedecktes Dach inmitten von viel Grün. Kommt man zur Einfahrt, vor das große geschmiedete Eisentor, erblickt man das Arzthaus mit den massiven granitgemauerten Wänden, die sich terrassenähnlich am Steilhang hinunterziehen bis hinein in die Gärten, die am Abbruch der Klippe zum Meer enden. In zehn Metern Tiefe schlägt die Brandung an den Fels.

Ein paar Bananen, Weinstöcke, ein Feigenbaum, ein kleiner Weingarten.

Eine Hängematte zwischen Granitsäulen.

Ein Tisch aus Lorbeerholz und Bänke und Stühle und Hocker – Platz für eine fröhliche Gesellschaft an Sommerabenden.

»Kann ich von Deinen Trauben probieren, Miguel?«

Miguel holt ein Körbchen und eine Rebschere und schneidet Trauben von verschiedenen Stöcken, legt sie sorgsam in das Körbchen und bringt sie zu Leontina-Jacinta, die sich inzwischen auf einen der Stühle am Lorbeerholztisch auf der Gartenterrasse gesetzt hatte. Miguel stellt das Körbchen auf den Tisch. »Versuch zuerst von jeder Sorte nur ein, zwei Beeren, dann sag mir Deine Meinung, ob ich ein guter Weingärtner für Dich sein werde oder ob ich mich besser weiterhin um die Kranken kümmern soll.«

Leontina-Jacinta probiert, riecht, schmeckt, lutscht, zerbeißt, Traubenbeere um Beere, Traubensorte um Sorte. Dabei lässt sie sich Zeit. Spannt Miguel auf die Folter.

»Hm. – Aha. – Jaah. – Hast Du vielleicht noch Wein im Keller? Kann ich den auch mal versuchen? Oder, am allerbesten, ich schau mir Deinen Weinkeller gleich selbst an.«

Miguel wird unruhig. ›Was, zum Teufel, hat sie an den Beeren gefunden, dass sie jetzt in meinen Keller will?‹ Leontina-Jacinta erhebt sich vom Tisch, schaut aufmunternd Miguel in die Augen: »Nur zu, Herr Doktor, zeigen Sie mir jenen geheimnisvollen Ort, an dem Sie aus Trauben Wein werden lassen!«

Der schwarze Fels des Steilhangs bildet die natürliche Rückwand des aus Granit, wie das Wohnhaus, die Plätze auf den Terrassen, die Außentreppen, die Gartenwege, solide gemauerten Weinkellers. Eine schwere Holztüre verschließt das Ganze.
Miguel knipst die Beleuchtung an; argwöhnisch beobachtet er Leontina-Jacintas Regungen. Die sieht sich seelenruhig um und schnuppert in der Luft.
»Einen hübschen kleinen Keller und hübsche kleine Fässer hast Du da. Es riecht gut hier drin nach Deinem Wein.«
Miguel fällt der erste Stein vom Herzen.
»Lässt Du mich Deine Weine versuchen? Falls sich noch ein paar Tropfen in diesen niedlichen Fässchen befinden.«
Miguel holt Gläser vom Hängebord überm Tisch, an dem Leontina-Jacinta bereits Platz genommen hat, dann zapft er dunklen schweren Wein aus einem der ›niedlichen Fässchen‹.
»Den habe ich vor zwei Jahren aus der ›Americana‹-Traube gewonnen.«
Leontina-Jacinta riecht, dreht das Glas, schwenkt das Glas, hält es gegen das Licht, nippt ein wenig vom Wein, beißt ihn, schluckt ihn hinunter, sagt nichts, nimmt einen weiteren Schluck, diesmal einen kräftigen, macht die ganze Probe noch einmal.
Miguel sitzt da, wagt kaum zu atmen, krallt seine Zehen in den Schuhen. Schließlich fragt er: »Und?«

»Magst Du mich noch Deinen anderen Rotwein probieren lassen von den Trauben im Weingärtchen?«

Miguel zapft aus einem etwas größeren der ›kleinen Fässchen‹ – und die auf die Folter spannende Probe beginnt von vorn.

Leontina-Jacinta schmeckt, riecht, beißt, schluckt. Als sie nach langen Minuten endlich ihr Schweigen bricht, weil sie denkt, dass der arme Doktor nun genug gelitten hat, sagt sie: »Ich werde im kommenden Jahr Deine Reben selbst schneiden. Die Beeren sind ordentlich, auch die Weine könnte man lassen, doch vermute ich, dass im bis jetzt noch Verborgenen ein Aroma schlummert, das sehr besonders ist. Die Weine tragen eine Eleganz in sich, die hervorgehoben und betont werden kann. Wenn Du mir erlaubst, Dir ein wenig zu zeigen, wie ›des Doktors roter Wein‹ vollkommen wird, und wenn Du dazu ein gelehriger Schüler sein wirst, könnte ich mir überlegen, ob Du mir bei ›Leon's – wenn es keine Kranken mehr gibt – zur Hand gehst.«

Miguel, der die ganze Zeit mit angehaltener Luft und wie zur Salzsäule erstarrt auf seinem Hocker saß, atmet laut durch und setzt sich bequemer. ›Leicht wird's nicht mit diesen dunklen großen Augen.‹ Das ist ihm voll bewusst.

»Ich werde uns etwas kochen. Es ist schon vorbereitet. Ein wenig Fisch und gebackene Bananen.« Miguel geht in die Küche.

Leontina-Jacinta setzt sich unter das Rebendach im Weingärtchen und fängt an zu träumen – von der Liebe. Sie gräbt ihre nackten Füße tief in die Erde – und träumt weiter. ›Wenn ich ihn so leidenschaftlich küssen würde, so, wie ich es noch nie tat, und wenn er die Begierde in sich erwachen fühlte – und sein Begehren würde stärker sein als seine Achtung und sein Respekt vor meiner Keuschheit. Wenn er mich auf seinen Armen tragen würde – hinein in sein Schlafzimmer – mich dort auf sein Bett legte – meine Bluse öffnete – meinen Rock hinunterstreifte – und seine Küsse bedeckten meine Brüste – meine Schenkel ...‹ Leontina-Jacintas Entschluss ist gefasst.

Leontina-Maria weiß, als am Abend ihre Tochter nach Hause kommt, schon beim ersten Blick in deren funkelnde Augen, dass Leontina-Jacinta zur Frau geworden ist.

1935

Der Wein erblüht – und mit ihm kommt auch der Segen der Kirche auf die Liebe zwischen Miguel und Leontina-Jacinta: Den Segen der Schöpfung hat ihre Liebe schon längst.

»Nach Venedig? Eine Hochzeitsreise nach Venedig? Was sollen wir in Venedig? Vielleicht auf dem Canal Grande umherstochern in einer Gondel, und der Gondoliere singt dabei von ›Amore‹ und schaut uns mit schmachtenden Augen an, und der Kahn geht plötzlich unter, weil er mit all der Last des haufenweise in ihn hineintriefenden Schmalzes völlig überladen ist, und wir beide ertrinken in der trüben Brühe des Canals, Miguel?«
»Also nicht nach Venedig. Und wo, Leontina-Jacinta, würdest Du gerne anfangen, ein wenig von der Welt zu sehen? Ich meine, Du kennst Madeira und Lissabon, das ist ja schon mal etwas – es gibt da aber noch ein paar Fleckchen mehr auf unserem Globus, die Du auch gesehen haben solltest, bevor Du Dein Leben endgültig dem Wein verschreibst.«
»New York. – New York, das ›Nonplusultra‹! Freiheits-

statue. Empire State Building. Broadway. Theater. Louis Armstrong. Der beste Platz der Welt, um Madeira anschließend noch viel viel mehr zu schätzen und nicht mehr von dort weg zu wollen. – Aber wir sollten uns genügend Zeit für dieses Abenteuer lassen, damit wir so richtig genug von allem bekommen. Ja?«

1938

Letzter Tag im Januar. Ein heftiger Sturmwind tobt sich aus über Madeira. In der Nacht jagen pechschwarze Wolkenungeheuer über den Atlantik und entladen ihre schwere Last über der Insel. Mächtige Brecher malträtieren die Küste im Nordwesten.
In ›Tinas Haus‹ erblicken am frühen Morgen zwei Kinder das Licht der Welt: Jorge und Julio – Zwillinge, die sich gleichen wie ein Ei dem anderen. Miguel half Leontina-Jacinta in den langen Stunden der Entbindung. Müde und matt liegt nun die junge Mutter in ihren Kissen. Abgekämpft sitzt der Vater im Sessel neben ihrem Bett. Vater zu werden und zur selben Zeit auch der Arzt der Gebärenden zu sein, war eine schier übermenschliche Anstrengung.
»Ich hatte völlig vergessen, wie winzig Neugeborene sind.« Filipes Stimme hört man seine Ergriffenheit an. Er hält seinen Enkel Julio in den Armen und betrachtet die kleinen Fäustchen und traut sich nicht aufzuschauen – niemand soll seine Tränen der Rührung sehen.
In Leontina-Marias Armen schlummert Jorge. An Johnny muss sie denken, ihren Bruder, in diesem Augenblick. Die Babys sind so zart, wie Johnny es war bei seiner Geburt. ›Hoffentlich trinken sie und schlafen beim Stillen nicht ein.‹ Und sie hört sich in Gedanken wieder

sagen: ›Johnny, kleiner Bruder, schlaf doch nicht immer ein, Du musst trinken, damit Du schnell groß wirst, denn ich will tanzen mit Dir! So viele Tänze habe ich mir für uns beide schon ausgedacht – ich werde sie vergessen haben, wenn es zu lange braucht, bis dass ich sie Dir zeigen kann.‹ Ein klein wenig Wehmut schleicht sich in Leontina-Marias Herz.

1939

Leandro und Claudino beabsichtigen nach dem Abschluss ihres Jurastudiums zuerst noch für zwei, drei Jahre in Lissabon in einer Anwaltskanzlei tätig zu sein, bevor sie eine eigene Kanzlei auf Madeira eröffnen wollen. »Mama, Papa, Senhora Paz sagte, sie würde sich glücklich schätzen, wollten wir bei ihr weiterhin wohnen bleiben. Sie bot uns zwei zusätzliche Zimmer an, natürlich gegen entsprechende Mieterhöhung, und dass ihr Dienstpersonal sich auch in Zukunft unser annehmen und ›Mama Maria‹ uns bekochen würde.«
Leontina-Maria und Filipe sehen zwei erwachsen und reif gewordenen Söhnen in die Augen, die ganz genau zu wissen scheinen, wohin die Zukunft sie führen wird.

Die Welt braucht wieder einen Krieg, in den sie fanatisch jubelnd und grölend ziehen kann. Die Menschheit braucht Feindbilder, sonst kann sie nicht existieren.

Portugal erklärt sich in diesem Zweiten Weltkrieg für neutral. Nichtsdestotrotz trägt es die Konsequenzen mit. Auf Madeira ist es ruhig geworden, still.

1943

Leontina-Jacinta bringt ein Mädchen zur Welt – Leontina-Luiza.

Miguel, Vater und Arzt in einer Person, sieht sich seine Tochter genau an: »Ein absolut perfektes Kind«, sagt der Arzt. »Ein wunderschönes Baby«, sagt der stolze Vater.

Mild und weich legt sich das frühe Abendlicht über die schöne Insel. Weit, weit weg ist der Krieg, der die ganze Welt überzieht. Leontina-Jacinta scheint es, als ob sich ›Tinas Haus‹ – die Quinta – und ›Leon's‹ – die Weinberge – herausgelöst aus allem hätten und als ein einzelner Stern in einer fernen Galaxie schweben würden. Sie sitzt auf Tinas Marmorbänkchen bei den Pfirsichbäumen, blickt hinunter auf Arco, hinaus aufs Meer, hinauf zu dem duftenden Lorbeerwald, der sich über die Steilhänge legt, in ihren Armen schläft ihr neugeborenes Kind. »Hier saß Deine Ururgroßmutter Tina oft, es war ihr Lieblingsplatz, Leontina-Luiza. Schau, die Trauben sind bald reif, aus ihrem süßen Saft machen wir Wein, den füllen wir in Fässer, die für lange Jahre in unseren Kellern lagern, dann verkaufen wir sie und bringen sie auf große Schiffe, die sie in die ganze Welt zu unseren Kunden und Freunden bringen. Dieser Boden ist ein fruchtbarer Boden, es ist gute Erde – und sie ist unser – unsere Muttererde.« Leontina-Jacinta erhebt sich vorsichtig mit ihrer träumenden Tochter im Arm von dem Bänkchen, geht ein paar Schritte in den Weinberg hinein und setzt sich unter dem Rebendach auf den Boden, streift die Schuhe ab und gräbt die nackten Füße in die Erde. »Alle Kraft, Leontina-Luiza, meine Tochter, bekommen wir von ihr. Aus ihrem tiefsten Inneren fließen die Wellen in uns. Ich weiß, dass auch Du sie spürst.«

Die ganze Familie hat sich zur Taufe von Leontina-Luiza in Tinas Haus eingefunden. An der festlich gedeckten Tafel versammelt, im Schein der Kerzen, die in den silbernen Leuchtern auf dem Tisch stehen, sitzen sie nun alle, und Leontina-Maria lässt ihre Blicke langsam reihum schweifen. Da ist Johnny, ihr Bruder. Leandro und Claudino, ihre beiden Söhne. Filipe, ihr Mann. Leontina-Jacinta, ihre Tochter. Miguel, ihr Schwiegersohn. Jorge und Julio, die Zwillinge, ihre Enkelsöhne. Leontina-Luiza, ihre Enkeltochter, die in der Wiege liegend ihr Fest verschläft. ›Ja, das haben sie gut gemacht‹, Leontina-Maria denkt zurück an Leon und Tina, an die Ahnen.

Filipe beobachtet über den Tisch hinweg Leontina-Maria, die Mutter seiner Kinder, die Ehefrau, auch die Geliebte. ›Was sie jetzt wohl denkt?‹ Er sieht in ihren Augen, dass ihre Gedanken tiefer gehen. Jetzt blickt sie ihn an, und wieder beginnt sein Herz schneller zu schlagen, wie so oft in all den zurückliegenden Jahren – wie an dem Tag im Weinkeller, als ihre blaugrünen Augen ihn zum ersten Mal ansahen und sie ihm sagte, dass sie es gerne hätte, würde er für ›Leon's‹ arbeiten und zum Kellermeister sich ausbilden lassen. ›Wie hübsch und besonders sie immer noch ist, wie ihre mit den Jahren rot-silbern gewordenen Locken nun im Kerzenlicht schimmern.‹ Leontina-Maria kennt diesen Ausdruck in Filipes Gesicht – Begehren war es einst, Begehren ist es heute noch – doch über allem ist seine Liebe.

1949

Johnny eröffnet ein weiteres Domizil für Urlaubsgäste, die Außergewöhnliches wünschen. Inmitten eines weitläufigen exotischen Gartens liegt die Quinta. Die illustren Gäste kommen per Wasserflugzeug nach Madeira, seit vor zwei Jahren, 1947, eine erste reguläre Flugverbindung zwischen England und Funchal eingerichtet wurde. Es geht wieder aufwärts nach den Jahren des Krieges. Die Rechtsanwaltskanzlei von Leandro und Claudino, der gleichzeitig auch Notar ist, machte die kaufvertraglichen und notariellen Abwicklungen bei Johnny's Übernahme der alten Quinta mit dem schönen Park. Leandro und Claudino, die beiden Söhne seiner Schwester, sind für Johnny wie eigene Kinder geworden. Candida, die Opernsängerin, seine große und einzige Liebe, heiratete, auf dem Höhepunkt ihrer Karriere angelangt, einen anderen. Und Johnny nahm Abschied von dem Gedanken an eine eigene kleine Familie – es gab keine Frau, die ihn noch interessiert hätte. Und da waren die Hotels, die seine ganze Aufmerksamkeit forderten, seine Gäste aus aller Welt. Und Claudino und Leandro kamen zurück nach Madeira, suchten nach geeigneten Räumen in Funchal, um sich dort niederzulassen und eine Kanzlei zu eröffnen, und Johnny bot ihnen fürs Erste Platz in der Quinta Bemvindos. Es gab so viel zu tun in den zehn Jahren, so viel zu tun seit dem Tag, an dem Candida ihm das Herz gebrochen hatte. Es war keine Zeit gewesen für Gedanken an eine neue Liebe.

1952

Die Beisetzung soll im engsten Familienkreis stattfinden. Auf dem Friedhof in Arco de Sao Jorge. In der
Familiengruft. Das ist Johnny's letzter Wunsch. Einund-
sechzigjährig erliegt er seinem langen schweren Herz-
leiden, von dem bis kurz vor seinem Tod niemand wusste
– nur sein Arzt und Johnny selbst.
Leontina-Maria bricht weinend an seinem Sarg zusammen. ›Johnny, kleiner Bruder, schlaf doch nicht ein – Du
sollst tanzen mit mir – schlaf doch nicht ein.‹

Johnnys Erbe, sein gesamtes Vermögen, soll an die
Kinder seiner Schwester gehen – an Claudino, an Leandro
und an Leontina-Jacinta. So hatte Johnny vor Jahren
notariell verfügt, nachdem der Arzt ihn über seine Herz-
krankheit aufgeklärt hatte.

1953

Miguel bringt seine Söhne Jorge und Julio, die Zwillings-
brüder, die kein Fremder auseinanderhalten kann, nach
den Sommerferien auf Madeira wieder nach Lissabon ins
Internat. Auch Leontina-Luiza ist heute mit dabei,
›seine‹ Tochter, das ›perfekte Kind‹, das er nur schwer
aus seinem Blickfeld und aus seinen Händen geben will.
Die Zeit ist allzu schnell für ihn gekommen, wo Leontina-
Luiza in eine Privatschule gehen soll, und die beste –
meint der überbesorgte Vater – befindet sich ›entsetzlich
weit weg‹, auf dem Kontinent, bei Estoril.
Das Wasserflugzeug der TAP Air Portugal für den Linienflug nach England, mit Zwischenlandung in Lissabon,
nimmt die wartenden Passagiere an Bord. Die Tür wird

geschlossen und mit ohrenbetäubendem Lärm hebt sich der träge Vogel in die Luft, dreht eine Rechtskurve über dem Meer – Funchal, die Stadt, Madeira, die Insel, liegen schon weit unter ihm.

Leontina-Jacinta winkt dem Flieger, der ihren Mann und ihre Kinder mitgenommen hat, noch lange nach, auch als er nicht mehr zu hören und zu sehen ist, steht sie im Hafen und schaut in die Richtung, in die das Flugzeug entschwunden ist.

1957

Miguel vernimmt das Dröhnen der Motoren, bevor er noch das Wasserflugzeug am Himmel entdecken kann. Schwerfällig schiebt es auf die Insel zu, setzt zur Landung an, schwimmt in den Hafen und dockt an. Die Tür geht auf und die bunt durchmischten Passagiere treten nacheinander an die Gangway, blinzeln in die Dezembersonne und schreiten dann fröhlich an Land.

Miguel beobachtet seine erwachsen gewordenen Söhne, wie sie, so sehr in ein Gespräch vertieft, dass sie das Drumherum nicht einmal registrieren, aus dem Flieger steigen. ›Nichts hat sich zwischen Jorge und Julio verändert, immer noch führen sie ihre geheimnisvollen Zwiegespräche, so wie sie es schon taten, als sie noch Babys waren.‹

Leontina-Luiza verlässt das Flugzeug mit einem jungen Mann neben sich, dem sie offensichtlich gut gefällt, das sieht Miguel auf den ersten Blick. ›Was will der Kerl von meiner Tochter? – Sie ist vierzehn, also noch ein Kind, er soll gefälligst seine Finger von ihr lassen!‹

Miguels geballte väterliche Eifersucht donnert auf den jungen Menschen hernieder, als ihm die Zwillinge ihn als ihren Freund und Schulkameraden Frederico vorstellen und Frederico Miguel höflich die Hand zur Begrüßung reicht, die von Miguel ergriffen und kräftig, ja herzhaft, gedrückt, nun schmerzend an Fredericos Arm hängt.

»Frederico ist einer der Söhne von Senhor Alberto«, sagt Julio, als er sieht, wie sein Vater dem armen Freund die Hand drückt und dieser das Gesicht schmerzlich verzieht – aber zu spät, die Bescherung ist schon passiert. Und zu spät, Leontina-Luiza hat sich bereits verliebt. Zum ersten Mal in ihrem Leben spürt sie ein komisches Flattern im Bauch – stets wenn Frederico sie ansieht oder mit ihr spricht.

»Ihr wollt also beide Mediziner werden?«, fragt Miguel seine Söhne.
»Nein, keine ›Mediziner‹«, sagt Jorge, »wir wollen ›Ärzte‹ werden. – Für ein Studium in Allgemeinmedizin, Frauenheilkunde und Geburtshilfe haben wir uns entschieden.«
»Und vielleicht könnten wir ja in Deine Fußstapfen treten, Papa, und Deine Praxis in Ponta Delgada übernehmen – eines fernen Tages.« Julio sieht fragend seinen Vater an.

Das unbeschwerte Lachen der jungen Leute, die das Silvesterfeuerwerk vorbereiten draußen im Garten von ›Tinas Haus‹, die große Gesellschaft der Freunde der Familie, die sich zum Fest in der Quinta eingefunden hat, das Licht der Kerzen, das freudige Beisammensein, das lebhafte Durcheinanderreden – nichts von alledem nimmt Leontina-Maria wirklich wahr. Sie ist müde und die Schmerzen in ihrem Brustkorb, die sie schon seit einigen Tagen spürt und die sich nun bis in die Innenseite ihres linken Oberarms brennend heiß ausdehnen,

werden ständig stärker. Das Atemholen fällt ihr schwer.
Besorgt beobachtet Miguel seine Schwiegermutter, die
mit blutleeren Lippen, blass und teilnahmslos am Tisch
sitzt, fast nichts von dem herrlichen Festessen überhaupt
probierte und vollkommen abwesend wirkt.

»Leontina-Maria, magst Du ein paar Schritte mit mir
auf die Terrasse gehen? Ich denke, ein wenig frische Luft
würde uns beiden ganz gut tun.«

»Wenn Du mich nach nebenan in den kleinen Salon bringen würdest, wäre mir das lieber, Miguel. Ich könnte dort
für ein Weilchen auf dem Sofa ruhen, bis das neue Jahr
kommt.«

Im kleinen Salon angekommen, legt sich Leontina-Maria
sofort hin. Miguel holt ihr eine Decke und deckt sie zu,
weil sie fröstelt.

»Wo hast Du Schmerzen, Schwiegermama, in der Brust?«
Sie nickt.

»Ich möchte gerne Dein Herz und Deine Lungen abhö-
ren, wenn Du es mir erlaubst.«
Sie nickt erneut.

Sorgfältig und lange hört Miguel, der Arzt, den Oberkörper von Leontina-Maria, der Patientin, ab.

»Ich werde Dich ins Krankenhaus nach Funchal fahren,
jetzt gleich. Dein Herz gefällt mir nicht, Leontina-Maria.«

»Oh nein, Herr Doktor, lieber Schwiegersohn, dorthin
wirst Du mich nicht bringen! In diesem Haus hier wurde
ich geboren, und ich werde in diesem Haus hier auch
sterben, wenn meine Zeit gekommen ist. Und niemals
wirst Du mich in ein Krankenhaus bringen, um
›Verlängerung‹ für mich zu beantragen! Haben wir uns
verstanden? Und zu der Silvestergesellschaft dort draußen kein Wort über mich! Morgen werde ich meiner
Tochter sagen, wie es sein soll, wenn ich nicht mehr bin.
Und Filipe und meine Söhne sollen auch dabei sein. Und
auch Du. Meinen Enkelkindern werde ich den ersten Tag

im neuen Jahr nicht verderben. Überhaupt, ihre wunderbare jugendliche Unbekümmertheit sollte noch eine Weile andauern. Und Leontina-Luizas erste Verliebtheit braucht auch keine Trübnis. Hast Du gesehen, wie ihre Augen leuchten, wenn Frederico sie anschaut? Gut, dass die Zwillinge ihren Freund für heute Abend hierher eingeladen haben. Deine argwöhnischen Blicke, die Du dem armen Frederico zuwirfst, habe ich allerdings auch gesehen! Du nimmst ihn ja richtiggehend auseinander! Du solltest freundlicher mit ihm sein, vielleicht wird er ja eines Tages Dein Schwiegersohn. Außerdem ist er ein sehr gut erzogener junger Mann und, wie es scheint, auch intelligent. Also, was ist so schlimm und fürchterlich, wenn Deine Tochter sich in diesen ordentlichen jungen Menschen verliebt hat und er sich in sie? Lass Leontina-Luiza ein wenig mehr ihre Freiheit, und sie wird es Dir danken, indem sie diese Freiheit nie ausnutzen, Dich aber umso mehr lieben wird, Miguel.«

1958

Leontina-Maria weiß, dass sie den Duft der feuchten Erde in den Weinbergen nicht lange mehr atmen darf. Am Arm Filipes geht sie den schmalen Pfad entlang zu den Weinstöcken nahe beim Haus, kaum dass ihre Beine sie mehr tragen. Ihr schwach gewordenes Herz nimmt seine letzte Kraft zusammen, um sie Abschied nehmen zu lassen.
»Die Geschichte mit der schönen Prinzessin in Deinem Märchenbuch geht zu Ende, Filipe. Das Buch, das wir beide zusammen gelesen haben, wird nun noch eine Weile alleine in Deinen Händen ruhen müssen – aber bringe es mit, wenn Du zu mir kommst – später.«

Die Februarsonne wirft ihre letzten Strahlen, bevor sie am Nachmittag den dunklen Regenwolken Platz macht, auf die Familiengruft in Arco, in der Leontina-Maria in der vergangenen Woche beigesetzt wurde.
Die Regentropfen vermischen sich mit den Tränen Filipes und tränken die fruchtbare Erde unter den Weinstöcken.

1960

»Es fällt mir sehr schwer, Papa, ich kann einfach die richtigen Worte nicht finden, meiner siebzehnjährigen Tochter von diesem Brief ihres Freundes Frederico zu sagen, der vor Tagen schon ins Haus kam, an mich adressiert und worin er mich bittet, Leontina-Luiza vorsichtig mitzuteilen, dass er eine andere Frau liebt. Wie soll ich meinem Kind erzählen – einem jungen Mädchen, das an die Treue glaubt, erklären! –, dass im fernen Madrid ein Student sich in eine Studentin verliebte, dass der Student die Studentin bat, seine Frau zu werden, und dass dieser Student kein anderer ist als Frederico, die Liebe ihres jungen Lebens! Wie kann ich mein Kind halten, dass es nicht zusammenbricht? Dass es den Glauben an Liebe und Treue in dieser Welt nicht verliert? Miguel wird mir in dieser Sache bestimmt keine Hilfe sein, es wird für ihn nur zur Bestätigung dessen, was ›er‹ – als eifersüchtiger Vater einer Tochter – ›sowieso schon von Anfang an wusste, dieser Kerl ist ein Filou‹. Papa, Du hast immer Worte für mich gehabt, die ich verstehen konnte, hast Du nun auch Worte für mich, die ich meiner Tochter sagen kann und die sie verstehen wird?« Leontina-Jacinta sitzt bei Filipe auf der Terrasse an diesem lauen Abend, in diesem Sommer, den sie im Kreis ihrer ganzen Familie genießen wollte. Alle ihre Kinder sind zurückgekommen für die Sommerferien in ›Tinas Haus‹, doch da ist etwas, das ihr Angst macht, etwas Fremdes – es ist nicht allein Fredericos Brief.

Mit dem ersten Licht am Morgen steht Filipe auf, zieht Hose und Hemd an, schlüpft in seine Hausschuhe und geht in die Küche. Das Haus liegt noch tief im Schlaf, als er mit einer Kanne heißen Tees sich im Esszimmer an den Tisch setzt. Er will die Kanne austrinken, um sich noch eine zweite zu machen, die er dann mit an sein Bett nimmt. Die ganze Nacht hat er gefroren, trotz der Sommerwärme, die in sein Schlafzimmer durch die geöffneten Fenster drang. Er hustet. Nun ist er erschöpft von der körperlichen Anstrengung des Hustens und des Treppensteigens hinauf in den ersten Stock, zurück in sein Schlafzimmer.
Leontina-Jacinta hört einen dumpfen Aufprall aus der Richtung des Zimmers ihres Vaters kommend. Sie weckt Miguel. »Es klang, als ob etwas auf den Boden gestürzt wäre. Wir sollten nachsehen.«
Miguel klopft mehrmals an Filipes Zimmertüre, bekommt aber keine Antwort. Leontina-Jacinta schließlich drückt die Klinke herunter und öffnet einen Spalt breit die Türe zu Filipes Schlafzimmer. »Papa, bist Du wach?«
»Ja. Komm herein, Tochter, und hilf mir wieder auf die Beine. Ach, Miguel ist auch dabei – gut. Dann kann er ja gleich meinen Kopf ansehen, den ich beim Ausrutschen auf dem Bettvorleger an den Nachttisch gestoßen habe.« Filipe will weitersprechen, doch ein Hustenanfall nimmt ihm die Luft.
Miguel fasst seinem Schwiegervater an die Stirn. »Du hast Fieber, Filipe. Der Husten sitzt tiefer. Ich hole meine Arzttasche, ich sollte Dich näher untersuchen.«

»Lungenentzündung?« Niemand in ›Tinas Haus‹ ahnte, dass Filipe schon seit Tagen eine Lungenentzündung mit sich herumschleppt – auch Filipe selbst war es nicht bewusst, obwohl er sich insgeheim eine rasch zum Tode führende Krankheit wünschte, da das Leben für ihn nur noch ein einziges Warten war auf den Moment des Wiedersehens mit seiner schönen Prinzessin mit den rotgoldenen Locken.

Das Antibiotikum greift nicht, zu stark ist jetzt der Wille Filipes, sich auf die Suche nach Leontina-Maria zu begeben.

Es ist Mitte August, ein heißer Tag, als Filipe neben Leontina-Maria beigesetzt wird.

»Es ist gut, so wie es ist.« Leontina-Jacinta spricht diese tröstenden Worte zu ihren Kindern – doch in ihr selbst weicht nicht die Angst, die fast panische Ahnung, dass etwas geschehen würde.

1961

Im Weinberg am Hang über dem Meer, im kühlen Schatten unter dem Rebendach, sitzen die beiden Frauen auf dem Boden, ihre Arme umschließen die nackten angewinkelten Beine, ihre Füße sind mit Erde bedeckt.

»Nun ist Deine Schulzeit beendet und wenn die heißen Tage vorüber sind, Leontina-Luiza, fangen wir mit Deiner Ausbildung an. Ich werde Dir nach und nach alles sagen und zeigen, was Du wissen musst, um ›Leon's‹ erfolgreich führen zu können – eines Tages auch ohne mich. Ich mache es so, wie alle Leontinas zuvor es taten: Ich lehre meine Tochter selbst, wie sie das Erbe Leons und Tinas fortführen soll. Es wird eine schöne Zeit sein, die wir zusammen in den Weingärten und den Kellern, in der Quinta und im Büro verbringen. Ich hatte viel Spaß mit Deiner Großmutter Leontina-Maria während meiner Lehrzeit.«

Leontina-Jacinta sieht ihre Tochter von der Seite an. ›Wie hübsch sie ist, wie ruhig und bedacht. Still baute sie sich ihr Schneckenhaus nach der Enttäuschung über Frederico – und hat nie Worte darüber verloren. Ich wünschte, sie würde endlich reden können.‹

»Mama, es war vor einem Jahr, da sagtest Du zu mir, als Du mir den Brief Fredericos übergabst: ›Wir Leontinas sind starke Frauen.‹ Aber, sag mir, wie ertragen Männer es, an der Seite starker Frauen zu leben? Wie überhaupt ertrugen es die ›Leons‹ mit den ›Tinas‹? Nahmen die Ehemänner Zuflucht in Abenteuern, in gelegentlichen Seitensprüngen, gingen sie zu Frauen, die Modelliermasse in ihren Händen waren?«

»Leontina-Luiza, Tochter, ehrlich gesagt weiß ich es nicht. Alle ›Leons‹ waren wohl ganz besondere, außergewöhnliche Männer, und sie alle liebten ihre ›Tinas‹ wirklich. Vielleicht hatten sie ja das eine oder andere Abenteuer, mag sein, doch die ›Tinas‹ machten sich darüber nie Gedanken. Alle in ›Tinas Haus‹, Frauen wie Männer, waren sich ihrer Liebe stets so sicher, dass ›kleine Störungen‹, falls es sie je gegeben hat, einfach nicht beachtet wurden.«

»Sie kehrten also alles unter den großen Teppich im Salon.«

»Nein, mein Kind, die ›Störungen‹ hatten keine Wichtigkeit.«

Leontina-Jacinta nimmt eine Hand voll Erde vom Boden auf, und lässt sie langsam durch ihre Finger rieseln. Immer wieder holt sie Erde, die sie zu Boden rieseln lässt, dazwischen räuspert sie sich und schluckt, setzt zum Sprechen an und bricht ab. Dann schließlich fasst sie sich ein Herz, und sagt: »Dein Vater liebt mich – sehr sogar, dessen bin ich mir gewiss –, doch für Miguel ist eine einfache Weinbäuerin, wie ich sie nun mal eben bin, nicht genug, er braucht dazu auch eine Frau mit ›Glamour‹, eine ›Frau von Welt‹, die mit ihm große Reisen macht und Galaveranstaltungen besucht. Eine solche Frau war ich nie und bin sie nie geworden, trotz seiner jahrelangen Bemühungen, in mir ein wenig Interesse für die ›große Welt‹ zu wecken. Leontina-Maria, Deine Großmutter, hätte viel besser zu ihm gepasst, denn sie hatte jenes gewisse Etwas, das ihn an Frauen fasziniert. Was ich Dir damit sagen möchte, Leontina-Luiza, Dein Vater hat hin und wieder ein kleines Abenteuer, doch die Liebe zwischen ihm und mir ist so stark, dass diese ›Ausflüge‹ nicht zur ›Wichtigkeit‹ werden können.«

»›Wir Leontinas sind starke Frauen‹ …«

1962

»Wie wäre es, Leontina-Jacinta, wenn wir alle – damit meine ich Dich und mich und Leontina-Luiza und Jorge und Julio – im Sommer, wenn die Zwillinge Semesterferien haben, für zwei, drei Wochen nach Brasilien reisten zu Catarina und Pedro? Sie kennen unsere erwachsenen Kinder nur von den Weihnachtsfotos, die wir ihnen im vergangenen Monat sandten. Es ist schon sehr lange her, dass sie hier bei uns waren oder ich bei ihnen in Rio de Janeiro. Der Besuch wäre auch für Jorge und Julio interessant, Pedro hat doch dieses Kinderkrankenhaus, und die Zwillinge sind jetzt im praktischen Jahr ihres Medizinstudiums, vielleicht dürfen sie ein wenig hineinschnuppern in Pedros kleinen Krankenhausbetrieb. Ach, wie viele Jahre doch schon vergingen seit unserer gemeinsamen Studienzeit in Lissabon. Gerade

erst war es, dass Pedro und ich zusammen für die Examen büffelten und er sich Hals über Kopf in meine Schwester verliebte und sie dann vom Fleck weg heiratete, um mit ihr nach Brasilien auszuwandern – und nun sind unsere Kinder bald selbst schon Ärzte. Würdest Du mich und die Kinder auf dieser Reise begleiten, Leontina-Jacinta? Es wäre wirklich schön für uns alle.«
»Ich bleibe lieber hier, Miguel. Aber frag Deine Tochter und Deine Söhne, bevor Du nach Rio schreibst und Euren Besuch ankündigst, es könnte ja sein, die Kinder haben ganz andere Pläne.«

Dieser nasskalte Abend in der ersten Januarwoche war taktisch klug gewählt von Miguel, um den Söhnen und der Tochter eine Reise nach Rio de Janeiro schmackhaft zu machen. Jorge und Julio sind, trotz bereits anderer gehegter Pläne, sofort hellauf begeistert. Leontina-Luiza ist nicht abgeneigt, will es sich aber noch einmal durch den Kopf gehen lassen. »Ich sage Dir morgen beim Frühstück Bescheid, Papa.« Doch ihre Entscheidung ist noch am Abend vor dem Einschlafen gefallen, sie wird bei ihrer Mutter bleiben.
»Warum willst Du hierbleiben, Kind, und unsere drei Männer nicht nach Brasilien begleiten? Es wäre bestimmt ganz wunderbar für Dich, glaube mir. Du würdest viel von Brasilien sehen, nicht nur Rio und die Copacabana.« Leontina-Jacinta ist es nicht wohl bei dem Gedanken, dass ihre Tochter nur deshalb nicht reisen will, weil sie ihre Mutter nicht allein zuhause lassen mag. Und wieder bekommt Leontina-Jacinta diese panische Angst, diese Ahnung, dass etwas Unfassbares geschehen wird.

Im Januar wird der Boden der Weinberge gepflügt – Luft muss in die schwere Erde kommen. Entlang der zwischen den Eichenholzstützen gespannten Drähte winden sich die Reben, deren Wurzelstöcke bis zu zwei Meter tief in die Erde gepflanzt wurden. Auf der Suche nach Wasser und Nahrung gehen die Wurzeln noch tiefer hinein in ihren Schoß.

»Leontina-Luiza, Du musst die aufwärtstreibenden Wurzeln abschneiden, damit die Rebstöcke in die Tiefe wurzeln, dann schenken sie Dir über viele Jahrzehnte einen guten geschmackvollen Wein. Wenn Du neue Reben pflanzen willst, gebe ihnen drei Jahre Zeit, so lange brauchen sie, bis sie Dir eine profitable Ernte liefern können.« Leontina-Jacinta erkennt in ihrer Tochter bei allem deren Tun sich selbst wieder.

Leontina-Luiza erhält einen eigenen kleinen Weinberg, für den sie Sorge tragen und den sie selbst pflegen und arbeiten muss. Selbst das Pflügen des Bodens, eine harte körperliche Arbeit, hat sie alleine zu bewerkstelligen; sie soll erfahren, wie schwer die Weinbauern ihr Brot verdienen müssen, wie Leon und auch Tina sich abrackern mussten, wie mühevoll deren tägliches Leben anfänglich war – sie soll den Reichtum in ›Tinas Haus‹ schätzen lernen. Leontina-Jacinta macht alles so mit ihrer Tochter, wie es alle Leontinas vor ihr mit ihren Töchtern machten.

Im März regnet es sanft, jeden Tag, und das Regenwasser rinnt an den stützenden Baumstämmen hinab und tief in die Erde hinein zu den Wurzeln der Weinstöcke.

Im Mai besorgt Leontina-Luiza breite rote Bänder und bindet sie an die Stützen der Weinstöcke, die sich in den jeweiligen Ecken ihres kleinen Weinbergs befinden.

»Nun hat die junge Leontina ein großes Weihnachtspaket aus ihrem Weinberg gemacht«, sagen die Leute in Arco, und sie lachen, und sie schütteln die Köpfe.

»Nach der Weinblüte, Tochter, werden die Rebenblätter

leicht ausgebrochen, sodass die Sonne etwas mehr auf den Boden scheinen kann. Später musst Du dies nochmals tun, damit die Trauben unter dem Blätterdach reifen können. Wenn die Zeit der Weinlese gekommen ist, wirst Du die Trauben selbst von den Stöcken schneiden, die vollen Körbe zur Weinpresse tragen, den Saft auspressen und ihn in Holzfässer füllen, die Du zuvor gründlich gereinigt hast. Du wirst keltern und Deinen eigenen Wein im Keller ausbauen. Jahre später kannst Du ihn dann in Flaschen abfüllen, verkorken, etikettieren, lagern und verkaufen. Oder noch viel viel länger aufbewahren, um ihn noch edler werden zu lassen – und vielleicht auch zum Andenken an Deine Lehrjahre. Wir alle hier werden Dir mit unserem Rat zur Seite stehen, arbeiten aber musst Du es ganz alleine. Weißt Du, Leontina-Luiza, es war vor ungefähr zwei Jahren, da kam ein großer amerikanischer Weineinkäufer nach Madeira. Er war auf der Suche nach ganz besonderen Weinen, nach seltenen und außergewöhnlichen Erzeugnissen – er kam auch in unsere Weinkeller. Ich sprach mit ihm über dies und jenes, auch wie wir Leontinas alle unser Handwerk von Grund auf erlernt haben, und ich zeigte ihm die Weinflaschen Deiner Großmutter Leontina-Maria mit dem Madeirawein aus ihren Lehrjahren, der nun über sechsundfünfzig Jahre alt ist. Dann fragte er, ob ich auch noch Wein aus meiner Lehrzeit hätte, und da gibt es den Sercial, den ich vor neunundzwanzig Jahren kelterte. Der Mann aus Amerika wollte den gesamten restlichen Madeira Deiner Großmutter und auch noch den meinen aufkaufen, aber ich sagte ihm, dass dieser Wein unverkäuflich wäre. Er bot und bettelte, schlug vor, überlegte, wollte sofort bar bezahlen. Er bat, er flehte mich geradezu an, ihm, wenn schon nicht alle Flaschen, dann doch wenigstens zehn von Leontina-Maria und fünfzehn von mir zu verkaufen. Und bei diesem Verkauf, der dann zustande kam, Tochter, machte ich ein kleines Vermögen. Der Mann schrieb mir wenige Wochen später einen sehr netten Brief und lud mich ein, nach Las Vegas zu kommen und mir die Ausstellung dieser ›königlichen‹ Weine selbst anzusehen. Er verkaufte nämlich unsere Weine, inklusive deren Geschichte, an den Besitzer eines dieser großen Hotels in der glitzernden Spielerstadt mitten in der Wüste von Nevada. Ich möchte nicht wissen, wie viele Dollars er schließlich dafür kassieren konnte. Der Hotelier jedenfalls ließ extra einen einbruchsicheren Schmiedeeisenschrank anfertigen, um den Wein samt seiner auf Büttenpapier geschriebenen Geschichte in der Lobby seines Spielkasinos auszustellen. ›Ein königlicher Wein. Gekrönten Häuptern vorbehalten.‹ So der handschriftliche Kommentar auf dem Büttenpapier. Für seine Vermarktung unserer Weingeschichte haben wir Leontinas von ihm übrigens das uneingeschränkte Dauerwohnrecht in einer der Suiten seines Hauses erhalten. Dazu bezieht er die Weine nur von uns und macht, wo immer es passt, Werbung für ›Leon's‹.«

Von Funchal geht es mit dem Schiff nach Porto Santo, zur Schwesterinsel Madeiras, auf der zwei Jahre zuvor der Internationale Flughafen eingeweiht wurde. Von dort mit dem Linienflug nach Lissabon weiter. In Lissabon besteigen Miguel und seine Söhne das Flugzeug für den langen Flug übers Meer bis Rio de Janeiro. Vater und Söhne freuen sich wie kleine Kinder auf ›südamerikanische Abenteuer‹. Es scheint fast so, als wären sie heilfroh, einmal allen Wein hinter sich lassen zu können.

Angenehm kühl ist es in ›Tinas Haus‹. Mutter und Tochter verlassen es nur am Morgen für ihren Gang durch die Weinberge und am Abend, um in den Kellern nachzusehen, ob alles noch zur Zufriedenheit ist. Es gibt auch nicht allzu viel zu tun im Büro, nur ein paar Briefe müssen geschrieben, einige Angebote gemacht werden – in den Sommermonaten Juli und August geht es gemächlicher zu in der Quinta und bei ›Leon's‹.

Schlimme Nachrichten werden nicht telefonisch überbracht, schlimme Nachrichten haben stets einen persönlichen Überbringer. Die brasilianische Fluggesellschaft rief bei der Gemeindeverwaltung von Arco de Sao Jorge an und bat um deren dringliche Hilfe, auch seelischer Beistand wäre sehr erwünscht.

Es ist der 21. August 1962, als der Bürgermeister von Arco de Sao Jorge in Begleitung des Paters gegen 9:30 Uhr an das große Eingangsportal der Quinta tritt. Leontina-Luiza und ihre Mutter sind gerade beim Verlassen des Hauses für ihren täglichen Gang in die Weinberge, als ihre Blicke den Hügel hinunter zum geöffneten Portal gehen und sie die Männer dort hereinkommen sehen.

»Was wollen die beiden denn heute schon am Vormittag, Mama?«

»Sicher brauchen sie wieder einen Spender für irgendeine Sache in der Gemeinde, und da kommen sie natürlich zuerst zu den Leontinas.«

Die Frauen warten am Haus, bis ihre Besucher zu ihnen heraufgekommen sind.

Der Bürgermeister räuspert sich verlegen bei der Begrüßung, und der Pater beginnt mit vorsichtigen ausgewählten Worten Leontina-Jacinta und ihrer Tochter zu sagen, dass sie beide ihnen etwas mitzuteilen hätten, dies aber lieber drinnen in der Quinta tun würden.

Im Salon wollen die Herren nicht Platz nehmen, der Bürgermeister räuspert sich erneut und der Pater sucht nach noch vorsichtigeren sensibleren Worten, um Mutter und Tochter zu sagen, dass ein Flugzeug bei Rio de Janeiro kurz nach dem Start ins Meer stürzte, dass die-

141

ses Flugzeug nach Lissabon hätte fliegen sollen, dass es schon spät am Abend war und dunkel, als das Unglück passierte, dass sich in der Maschine vierundneunzig Menschen befanden, sich die meisten davon wohl an Land hätten retten können und nahezu unverletzt seien, dass es aber auch Verletzte und Tote gegeben hätte. Ob Miguel und die Söhne unter den Verletzten seien? Nein, nicht. Unter den Toten? Das ist nicht sicher, noch sind ja nicht alle Insassen des Fliegers geborgen, und vielleicht geschah ja ein Wunder, und sie konnten sich selbst an Land retten, stehen unter Schock und haben sich bis jetzt nicht bei der Polizei gemeldet oder bei sonst wem. Vielleicht geschieht ja noch ein Wunder.

Und das Warten beginnt. Auf das Wunder. Und die Telefonleitungen nach Rio sind besetzt. Und es ist immer noch Nacht in Brasilien. Und die Stunden ziehen sich in den Tag hinein mit dem Warten auf das Wunder.

Am späten Nachmittag kommt der Anruf der Fluggesellschaft Panair Do Brasil aus Rio de Janeiro – der Unfall der Douglas DC-8-33 kostete vierzehn Menschen das Leben, die beim Versuch, sich an das Ufer zu retten, ertranken – Senhor Miguel, Senhor Jorge und Senhor Julio sind unter den Toten.

Es war am 20. August 1962 um 23:03 auf dem Flughafen Rio de Janeiro-Galeao AP/Brasilien, als die Piloten mit dem Startlauf der DC-8 begannen. Vor ihnen lag die 3.300 Meter lange Startbahn und der lange nächtliche Transatlantikflug bis zu ihrem Ziel, der portugiesischen Hauptstadt Lissabon. Am Ende der Startbahn funkelte das dunkle Wasser der Guanabara-Bucht. Die Entscheidungsgeschwindigkeit war erreicht, dann die 148 Knoten Rotationsgeschwindigkeit, der Kommandant zog die Steuersäule zu sich heran, um das Bugfahrwerk vom Asphalt zu heben, aber nichts geschah. Auch ein zweiter Versuch ließ die Maschine nicht abheben. Der Kommandant entschloss sich, den Start abzubrechen – es waren noch 1.100 Meter befestigte Landebahn, um den 138 Tonnen schweren Douglas-Jet zum Stehen zu bringen. Er betätigte mit aller Kraft die Radbremsen, doch ein Stoppen innerhalb der Startbahn war nicht mehr möglich, und er steuerte den Flieger nach rechts, um der Bucht am Ende der Startbahn zu entgehen. Diese Maßnahme griff aber nicht mehr, ebenso wenig die Aktivierung des Umkehrschubes, denn das Fahrwerk der DC-8 pflügte schon so tief durch den losen Grund, dass die Klappen des Umkehrschubes alle vier Triebwerke aus ihren Verankerungen rissen. Der Schwenk nach rechts war zu wenig gewesen, um dem Wasser ausweichen zu können. Das Flugzeug schlug mit einer haushohen Fontäne im seichten Gewässer der Bucht auf. Panik brach unter den Passagieren aus. Die Notbeleuchtung in der Kabine ging nicht an. Die Flugzeugbesatzung vergaß, die sechs Rettungsboote ins Meer zu werfen. Die Fluggäste vergaßen die Schwimmwesten. Chaotisches Gedränge entstand bei der Evakuierung über die Notausgänge über den Tragflächen. Durch die Tatsache, dass die Maschine nach ihrem Aufschlag eine Kerosinspur hinter sich hergezogen hatte, die sich nun entzündete, wurde die Evakuierung noch erschwert. Die Menschen mussten ohne Hilfsmittel im flackernden Licht des Feuers zum mittlerweile 100 Meter entfernten Ufer zurückschwimmen. Die erst gut ein Jahr alte Douglas sank fünfundzwanzig Minuten später auf den Grund der Bucht, die an dieser Stelle acht Meter tief ist.

Die Leichname von Miguel, von Jorge und von Julio müssen identifiziert werden. Leontina-Luiza ruft in Rio an und bittet ihre Tante Catarina und Pedro, dies für sie zu tun. Die Zinksärge mit den sterblichen Hüllen kommen zwölf Tage später auf Madeira an. Sie sind zugeschweißt. Leontina-Jacinta darf Mann und Söhne nicht mehr sehen – Leontina-Luiza nicht mehr Vater und Brüder.

Die Beisetzung in der Familiengruft auf dem Friedhof von Arco de Sao Jorge läuft an Mutter und Tochter vorüber, als wäre es ein Film. Alles ist unwirklich. Alles lässt sich nicht begreifen.
Da sind auch keine Tränen – alles ist leer.
Der Mund kennt keine Sprache – alles ging verloren.

Die Zeit heilt die Wunden Leontina-Jacintas nicht.

Im Dezember brennen Kerzen in ›Tinas Haus‹. In allen Zimmern. Auf den Stufen der Treppe. Am Eingang.
Auf der von Arco abgewendeten Seite der Quinta befindet sich der große Salon. Die Fenster gehen zum Meer. Sie stehen weit offen an diesem Abend.
Auch Leontina-Jacintas Schlafzimmerfenster blicken aufs Meer. Auch sie sind weit geöffnet heute Abend.
Und überall stehen Kerzen, und sie flackern im Wind. Leontina-Jacinta hat sie aufgestellt.

Leontina-Luiza ist in der Quinta Bemvindos an diesem Abend zum Essen bei ihren Onkeln Leandro und Claudino. Schon seit dem Vormittag machte sie in Funchal Besorgungen und Weihnachtseinkäufe, fand sehr persönliche Geschenke als Überraschungen zum Jahresende für die Leute von ›Leon's‹ und deren Familien und für die Angestellten in ›Tinas Haus‹ und deren Angehörige. Die Trauer in ihr sitzt tief, und die Onkel bemühen sich, ihre Nichte auf andere Gedanken zu bringen, sie wenigstens für ein paar Stunden abzulenken, ihr zu zeigen, dass es ›die Welt da draußen‹ immer noch gibt. Sie erzählen märchenhafte Geschichten über interessante Gäste, die in ›Johnny's Hotels‹ übernachteten, und Leontina-Luiza bekommt große Augen vor Staunen, doch sie kann das Lächeln nicht finden.

Die Kerzen brennen immer noch und überall in der Quinta.

Den ganzen Tag hat sie noch kaum etwas zu sich genommen, Leontina-Jacinta hat auch jetzt keinen Appetit. Lustlos öffnet sie den Kühlschrank, nimmt ein paar Löffel vom Fischeintopf aus der Schüssel, schlingt das Essen im Stehen und eiskalt hinunter und bekommt Magenschmerzen. Sie holt die Flasche mit dem Zuckerrohrschnaps vom Regal, füllt eine ordentliche Menge davon in ein Glas und kippt es in sich hinein. Sie setzt sich an den Küchentisch, zieht unter dem Tisch die Schuhe aus, hofft, dass es ihrem Magen bald besser geht, doch das tut es nicht, und sie nimmt ein weiteres Glas Schnaps zu sich. Plötzlich wird sie furchtbar müde, und ein wenig ist ihr schwindlig – das hochprozentige Getränk, auf nahezu nüchternen Magen getrunken, verfehlt seine heftige Wirkung nicht. Leontina-Jacinta steht vom Küchenstuhl auf, schwankt, hält sich an der Tischkante fest, lässt ihre Schuhe stehen wo sie sind, und taumelt in die Eingangshalle. Sie beschließt, sich ein wenig in ihrem Schlafzimmer aufs Bett zu legen, bis ihre Tochter zurück ist aus Funchal.

Der Wind frischt auf. Er bläst durch die weit geöffneten Salonfenster herein und lässt die langen zarten Spitzenvorhänge ins Zimmer flattern, zum Tischchen hin, auf dem die Kerzen brennen.

Die Holztreppen in ›Tinas Haus‹ werden gut gepflegt, stets sind sie auf Hochglanz poliert. Um in ihr Schlafzimmer im ersten Stock zu gelangen, muss Leontina-Jacinta eine dieser Treppen hochsteigen – in Seidenstrümpfen, ohne Schuhe und heute Abend nur vom Alkohol im Blut geführt. Sie hat die spiegelglatten Stufen bis fast nach oben schon geschafft, als sie stolpert, gänzlich den Halt verliert, der Griff ihrer Hand das Geländer verfehlt und sie rückwärts die Treppenstufen nach unten fällt. Bewusstlos bleibt sie auf den letzten Stufen liegen.

Die bodenlangen, im Abendwind flatternden Schlafzimmergardinen fangen zuerst Feuer an den Kerzen, die auf der Kommode neben dem Fenster brennen. Nicht lange danach stehen auch die Spitzenvorhänge im großen Salon in Flammen, weil sie den Kerzen auf dem Tischchen zu nahe gekommen sind. Leontina-Jacinta kommt nicht wieder zu Bewusstsein. Und niemand in Arco sieht das Feuer in ›Tinas Haus‹ – die Fenster der Zimmer, in denen bislang die Flammen um sich greifen, liegen auf der von Arco abgewendeten Seite.

Der Wind, der durch die offenen Fenster weht, wird stärker; er facht den Brand erst richtig an, der sich nun schon bis in die Eingangshalle hinein ausdehnt – bis in das Treppenhaus und bis hin zu Leontina-Jacinta.

Die drei Männer machen sich auf den Heimweg, es ist spät geworden, und sie wollen gleich auseinandergehen. Beim Hinaustreten aus der Bar, ihrem allabendlichen Treff an der Dorfstraße von Arco, empfängt sie ein durchdringender Brandgeruch, den der Wind vom Meer her zu ihnen trägt. Gleich darauf entdecken sie den erhellten Himmel über ›Tinas Haus‹, und sie laufen in Richtung der Quinta und sehen die Flammen aus den Fenstern des Herrenhauses schlagen, die Scheiben sind bereits zerborsten. Lange, schier endlos lange braucht es, bis die von den drei Männern gerufene Feuerwehr kommt und bis sie zu löschen beginnt.

Leontina-Luiza nimmt die Straße von Funchal nach Ribeira Brava, von dort weiter über den Encumeada-Pass bis hinunter nach Sao Vicente und weiter nach Ponta Delgada. Am Doktorhaus vorbei führt die enge Küstenstraße. Die Praxis ihres Vaters, sein Steinhaus, sein Garten liegen einsam und verwaist in der Dunkelheit; seit Miguels Reise ohne Rückkehr hat niemand mehr das große Schmiedeisentor geöffnet. ›Ich sollte im kommenden Jahr nach Mietern, vielleicht auch Käufern für das Anwesen suchen. Da ist der Künstler, der Maler und Musikus, der schon die ganze Welt bereist hat und sich hier in Madeiras Norden gerne mit seiner Frau niederließe, falls er ein geeignetes Zuhause finden könnte. Ich werde ihn nach Neujahr einmal anrufen und ihm das Haus zeigen.‹ Leontina-Luiza hat nun schon Boaventura hinter sich gelassen. ›Bald kommt Arco de Sao Jorge. Bald bin ich daheim.‹

Vom Auto aus sieht sie den rötlich erleuchteten Nachthimmel über Arco – zu hell ist er, zu rot ist er, und es ist zu spät in der Nacht, als dass es nur der Widerschein eines Feuers sein könnte, das ein Weinbauer in seinem Garten hat, um Laub und Schnittabfälle zu verbrennen. Leontina-Luiza beginnt das Schreckliche zu ahnen. Ihre Hände steuern den Wagen vor das große Eingangsportal. Vor die hohe Mauer. Ihre Füße tragen sie die Einfahrt hoch, den Weg entlang zu ›Tinas Haus‹. Ihre Haut fühlt die Hitze des Feuers. Ihre Augen sehen den verkohlten Leichnam ihrer Mutter. Ihr Denken setzt aus. Sie fühlt nichts mehr. Sie sieht sich selbst dort stehen in den Flammen.
Ausgebrannt.
Leergebrannt.

Irgendjemand nimmt sie irgendwann in der späten Nacht mit zu sich nach Hause. Gibt ihr eine heiße Suppe zu essen. Ein Bett zum Schlafen. Irgendjemand sitzt an ihrem Bett, wacht über sie, hält ihre Hände. Irgendjemand vertreibt die Albträume, wenn sie kommen, und trocknet den Schweiß von ihrer Stirn. Irgendjemand gibt ihr eine warme Suppe. Irgendjemand hält ihre Hände. Irgendjemand wacht an ihrem Bett.

1963

Viele Wochen später erst, im Frühling, kann sie wieder alleine nach sich sehen.
Alleine für sich sorgen.
Alleine schlafen.
Alleine leben.
Alleine sein.
Sie geht in das Haus ihres Vaters nach Ponta Delgada.
Hier will sie wohnen bleiben.

Doch Miguels Haus über dem Meer wird mehr und mehr zum Gefängnis für Leontina-Luiza.
Die Weinberge in Arco, die Weinkeller, die Weine, alles wird ihr mehr und mehr zur Last.
Alles lastet zentnerschwer auf ihr.
Alles lastet auf ihrem Herzen.

Das Nötigste regelt sie, stellt einen Verwalter ein, einen Mann, der sich gut im Weingeschäft auskennt und dem sie vertrauen kann.

1964

»Es ist nicht für lange. Nicht für immer. Ich komme wieder. Ich muss nur Abstand gewinnen von der Vergangenheit«, sagt sie zu ihren Leuten, zu den Leuten von ›Leon's‹.

Leontina-Luiza kauft sich ein Flugticket nach Kalifornien, nach San Francisco. Als der Flieger mit ihr an Bord vom gerade eben erst auf Madeira eröffneten Flughafen Santa Catarina abhebt, ist es Leontina-Luiza, als würde alle Last von ihr genommen, als würde alles Schwere für immer zurück am Boden bleiben.

2006 Ende August

»Die Vergangenheit«, sagt Leontina-Luiza, »das ›Gestern‹ bleibt ein Augenblick.«
Sie legt das kleine Holzkästchen, das sie die ganze Zeit in ihren Händen hielt, in die meinen mit den Worten: »Es gehört jetzt Dir. Es ist nun Deines.«
Ich öffne es. Darin liegt ein Schlüssel, der Schlüssel zum großen Portal von ›Tinas Haus‹ – von ›Leontinas Haus‹. Es ist das Lorbeerholzkästchen, das Leon für Tina zur Hochzeit gemacht hat. Älter geworden ist es wohl, und die Zeit hat ihre Spuren an ihm gelassen, auch an dem schweren geschmiedeten Schlüssel. Doch was bedeuten Rost und von Wind und Wetter Geblichenes, wenn daraus alles Leben spricht?

September 2006

Leontina fliegt zurück nach Kalifornien. Ich bringe sie zum Flugplatz. Wir sind uns in den vergangenen Wochen so nahe gekommen – es ist, als ob wir uns schon immer gekannt hätten. Der Abschied fällt uns beiden schwer.
»Besuch mich mal in Napa Valley, Sophie, ich habe dort ein kleines Weingut und mitten drin steht eine Quinta. Der Seitenflügel ist ein Gästehaus. Menschen, die sich ein paar Tage aus der Zeit nehmen wollen, mieten sich bei mir ein. Es heißt ›Leontinas Haus‹.«

Madeira – 48 Stunden Ende Dezember

Madeira – und der Sturm tobt über dem Atlantik,
wütet über die Insel.
Wasserfällen gleich schüttet es Regen vom Himmel,
und dick fällt der Schnee auf die Bergspitzen.
Der Pico do Arieiro liegt eingehüllt im Wolkenbett,
schneebedeckt.
Sturmböen rasen.
Plötzlich reißen die Wolken auf –
grellweiß, unwirklich, erstrahlt der Pico im Sonnenlicht.
Wetterhexen tosen, pfeifen,
jagen weiße Wolkenungeheuer
über die Hochebenen.
Regenbögen – prächtig, vollkommen – spannen sich
über Lorbeerwälder bis weit hinaus aufs Meer.
Entlang den Hügeln, an den Hängen,
schweben Regenbogenbänder.
Der Sturm zieht weiter,
nimmt Wolken und Regen mit nach Nordafrika.
Frisch geputzt sind Himmel, Luft und Insel.
Sattgrün, weihnachtssternerot
leuchtet Madeira in der Spätnachmittagssonne.
2:30 Uhr – Abermillionen Sterne
funkeln, glitzern, blinken in mondloser stiller Nacht.
Am Morgen liegt Wein in der Luft –
süßlich-herber Duft von alten Fässern aus Holz,
im Garten der Quinta.

Am Hang die Zitronenbäumchen,
sie tragen Knospen, Blüten, Früchte –
alles zugleich – ,
ein kleines wunderbares Wunder.
Warm und weich scheint die Sonne
auf rosarote Kamelienblüten –
auf dein und mein Lächeln.
Frühsommertag zum Jahresende.

Inhalt

Von Sibylle Sophie
ebenfalls lieferbar:

... und Rosen Silberperlen tragen
Gedichte, Impressionen, Erzählungen, Malereien
2008. 56 Seiten mit 4 farbigen Acrylmalereien
Paperback € 9,80
ISBN 978-3-89950-371-5

Hinter den Sternen wohnt die Ewigkeit
Erzählungen und Gedichte
2005. 88 Seiten mit einer farbigen Aquarellmalerei
Paperback € 11,80
ISBN 978-3-8301-0755-2

Im Meer schwimmt die Wüste
Roman
2003. 144 Seiten mit einer farbigen Aquarellmalerei
Paperback € 12,90
ISBN 9978-3-8301-0510-7

edition fischer

Von Sibylle Sophie
ebenfalls lieferbar:

Der Tanz der weißen Schmetterlinge
Erzählungen, Märchen, Gedichte
2003. 72 Seiten mit 2 farbigen Aquarellmalereien
Paperback € 10,90
ISBN 978-3-8301-0460-5

Der Klang der Windspiele
Gedichte und Erzählungen
2002. 56 Seiten mit 5 farbigen Aquarellmalereien
Paperback € 14,80
ISBN 978-3-8301-0391-2

Rosen über dem Regenbogen
Gedichte
2002. 56 Seiten mit 5 farbigen Aquarellmalereien
Paperback € 14,80
ISBN 978-3-8301-0340-0

edition fischer